故事里的中国印

追寻一缕时光

读者原创版编辑部 ○—— 编

甘肃文化出版社

甘肃·兰州

图书在版编目（CIP）数据

追寻一缕时光 / 《读者》（原创版）编辑部编. ——
兰州：甘肃文化出版社，2021.7（2024.12重印）
　　（故事里的中国印象）
　　ISBN 978-7-5490-2029-4

　　Ⅰ．①追⋯ Ⅱ．①读⋯ Ⅲ．①纪实文学－作品集－中
国－当代 Ⅳ．① I25

中国版本图书馆 CIP 数据核字 (2020) 第 118731 号

追寻一缕时光

《读者》（原创版）编辑部 ｜ 编

总 策 划｜马永强
项目负责｜王铁军　郧军涛

策划编辑｜王　飞　郭佳美　常鹏飞
责任编辑｜刘　燕
封面设计｜马吉庆

出版发行｜甘肃文化出版社
网　　址｜http://www.gswenhua.cn
投稿邮箱｜gswenhuapress@163.com
地　　址｜甘肃省兰州市城关区曹家巷1号 ｜ 730030（邮编）

营销中心｜贾　莉　王　俊
电　　话｜0931-2131306

印　　刷｜三河市富华印刷包装有限公司
开　　本｜690 毫米 ×980 毫米 1/16
字　　数｜175 千
印　　张｜16.25
版　　次｜2021 年 7 月第 1 版
印　　次｜2024 年 12 月第 2 次
书　　号｜ISBN 978-7-5490-2029-4
定　　价｜69.00 元

序言

时光不染，岁月流金。跨过历史的长河，我们追寻火红的足迹，穿过岁月的征程，我们拥抱伟大的时代。

时代，既是源自悠久过去、绵延至今的一段历史足迹，亦是以今为初始、朝蓝图进发的持续进程。发祥于黄河流域的中华文化，孜孜不倦，与时同行，已历经千百春秋，在不同的时期坚守，把握时代命脉，留下深刻烙印。

岁月的时光瓶，为我们沉淀成长的记忆，也为我们记录奋斗的足迹。人生只是弹指一挥间，虽然在时间维度上短暂，但我们不要忘了为自己的时代鼓掌。掌声中，时光的镜头已缓缓拉开，曾经的那些记忆随着时光慢慢浮现。

中华人民共和国成立以来，"扎根黄土地，亦取养于土地，食不可缺"的袁隆平埋首农田，躬耕不懈，以亩产破千的杂交水稻解决了有史以来最为棘手的粮食问题，使广大人民更有气力投身社会主义建设；"年过古稀未伏枥，犹向苍穹寄深情"的"牧星人"孙家栋刻苦钻研航天技术，从"东方红一号"到"嫦娥一号"，从"风云气象"到"北斗导航"，60 多年来在太空升起数十颗星，以熠熠"北斗"为中华、为世界指引方向；"放眼浩瀚海洋，绘出一道道时代航线"的新青年叶聪将"蛟龙"从图纸化作潜海重器，直下千丈探索深海极限，使中国成为继美、法、俄、日之后第 5 个掌握大深度载人深潜技术的国家；"用愚公精神创造生命奇迹"的八步沙"六老汉"和他们的后人，先后治理荒漠近 40 万亩，筑成了一条防风固沙的绿色屏障，让风沙线倒退了 15 公里，有效地遏制了沙进人退的被动局面，他们凝聚的精神脊梁，撑起了八步沙的一片晴空，书写了一段悲壮、豪迈、可歌可泣的故事⋯⋯

改革开放以来，中华民族逐渐在时代的激流中站稳脚跟，不惧博弈与竞争，屹立于世界民族之林。这盛世辉煌的背后，是无数英杰才俊、星火青年，将青春、血泪尽数挥洒，以愿景梦想绘制祖国蓝图。他们逆着时代洪流，将崇高的理想、追求融入爱国主义精神，以己身诠释着时代命题，代代传承，至于不朽。甘肃文化出版社与读者传媒期刊中心携手打造的"故事里的中国印象"系列丛书，以全方位展现中国共产党成立以来的辉煌成就为出发点，通过讲述大量充满温情、感人肺腑的中国好故事，大力宣传"时代楷模""最美人物"等先进典型，全面展现全国人民齐心协力实现中华民族伟大复兴的历史画卷，展现在党的正确领导下，民族独立、国家富强、百姓安居乐业，中国正式踏上实现民族复兴梦想的伟大征程。本丛书共 10 册，包括《锦绣河山万里》《追寻一缕时光》《丹心挥洒新愿》《盛世绘就梦想》《我为祖国代言》《一生终于一事》《福顺只须修来》《不忘初心归去》《岁月如此多娇》《家国处处入梦》。丛书里的每一本书都从一个小侧面反映中国共产党成立 100 年来祖国大地上的巨大变迁，用一个个温情的小故事来讲述普通人为之奋斗、为之拼搏、为之努力的人生。

《锦绣河山万里》收录了 41 位作者从不同的视角描绘的 41 座不同历史、不同个性的城市发展变迁历程，这 41 座城市各具特色，风格鲜明，映射出那一方水土孕育的独特人文风貌，更体现出国家日新月异的发展变化。

《追寻一缕时光》以大量真实、贴切、温情的经典故事，展现各行各业的代表人物对行业发展及自我生活工作经历的回顾，以小见大，以点到面，展现中华人民共和国发展繁荣的历史画卷。

《丹心挥洒新愿》讲述了祖国建设各条战线上开拓创新的动人事迹，展现了全国人民创新创业、奋发作为的历史画卷。

《盛世绘就梦想》收录 25 位从 1949 年起在各行各业有贡献、有影响、有成就的人物，他们是造就盛世辉煌的践行者和见证者，通过本书我们将引领广大读者一起触摸历史、展望未来。

《我为祖国代言》讲述在海外工作、学习的中国人心怀故土、矢志不渝的爱国情怀，展现一个个奋斗不息的人生历程，一个个充满爱和理解的家庭，讴歌积极向上的人生态度和爱国为家的良好传统。

《一生终于一事》选取《沙漠赤子》《破希望》《来自乡村的寒酸礼物》等35个故事为广大读者展示普通人摆脱贫困，争取幸福生活的奋斗历程。

《福顺只须修来》讲述新时期和谐忠厚、和顺亲睦的中国好家庭，倡导以爱齐家、以德治家的中国好家风。收录有《父亲和书》《外婆这样的女人》《浓淡父子间》《乖小孩》等几十篇带着浓浓亲情且有温度的文章。

《不忘初心归去》选取了三十余篇关于理想、关于奋斗的文章，展现了企业家、科学家、工人、教师等各行各业的人们坚守理想，矢志不渝，最终走向成功人生的故事。

《岁月如此多娇》通过一个个平凡人的小故事，带领读者走进他们的幸福，感受平凡生活中的温暖，展现新时期老百姓幼有所育、学有所教、劳有所得、病有所医、老有所养、住有所居、弱有所扶的幸福生活画卷。

《家国处处入梦》通过一个个渗入灵魂深处的小故事，展现中国人民矢志不渝的爱国爱家情怀，弘扬新时代的爱国主义精神。每个人的灵魂深处对于家国都有不一样的情感，对于军人，家国就是他们保卫的那片边疆；对于农民，家国就是他辛勤耕耘的那块土地；对于作家，家国就是他心中最美好的存在。

忆往昔峥嵘岁月，看今朝锦绣河山。回首中国共产党成立的 100 年，华夏神州留下了太多的变化奇迹。国家经济快速、平稳、健康发展，曾经的低矮、陈旧已经被眼前的崭新、繁华所取代，绿意婆娑的公园、鳞次栉比的高楼，商贾市集，车水马龙，一派勃勃生机。一个个梦想的实现，一份份成就的辉煌，无不彰显着每个人心中的"中国梦"。

时光恰好，岁月丰盈！让我们和这个时代一起绽放，也伴随着这片神奇土地不断成长。

本社编辑部

2021 年 5 月 20 日

目录 CONTENTS

往事，与汽车有关

◎ 格桑亚西

20 世纪 70 年代，我家还住在地处高山深谷的偏僻小县。那时候的我，最喜欢闻到的，要数汽油的味道，最喜欢看见的，当然也就是汽车了。

那个年代的汽车，以圆头的一汽解放为主。苏式的发动机密封不够好，油品也全是 70 号，在海拔高的山区，由于燃烧不太充分，所以总是味道浓烈，别人是唯恐避之不及，我却始终趋之若鹜。原因很简单，因为汽油的味道意味着汽车，而汽车，意味着晓行夜宿的浪漫，引领着变化、遥远、发现、巧遇、惊喜这一系列的关键词，代表着可以走上大河对岸那条通向山外世界的盘山公路，而山外，在云遮雾罩的远方那传说中辽阔富庶的平原上，隐藏着我梦想中的巨大城市。

那些巨大的城市——成都、重庆、乐山，当然还有雅安，单是念念它们的名字也令人心潮澎湃、口舌生津啊，就是大人们，说起它们的时候也都心驰神往，脸放红光。

在小县城出生的我看来，那些遥远的城市里，差不多清一色地居住着神仙一般的人，他们个个说一口好听的官话，人人穿光鲜的衣服，上街必挎一个人造革的旅行包，包的右下角一律印有两个烫金的字："北京"；他们出门抬腿就登上电车，电车上总有坐不完的位子；进馆子张口就要回锅肉，装在鱼形的大盘子里，每片肉都是长方形的，又大又厚，被他们闪悠悠地掭在筷子上，他们歪着脑袋，皱着眉头，迟迟不下口，嫌肥；糖果店不要粮票，电影院白天黑夜都放打仗的电影，除了《侦察兵》，就是《闪闪的红星》；巨大的百货商店里摆满了铁皮的发条玩具，动物园里关着整笼整笼咆哮的狮子老虎，满大街的冰糕箱、汽水摊，还有很多和我一般大的小孩都跑到和气的民警叔叔面前，争先恐后地急着要上交捡来的一分钱……

那些梦想中的城市，无一例外地，都要通过眼前这条公路、这些汽车，才能和遥远的我们相关联，所以我自小喜欢汽油的味道，也就在情理之中了。

几年前读到过一篇散文《看车车》，说的是一个小小的乡下孩子，在乡村公路通车的那天，用他小小的脚，急切地走了很远的路，专程到镇上看汽车，却不幸为汽车所伤。但是第二天，头上缠着绷带的孩子，依偎在父亲的怀里，又来到镇上看汽车……

那个孩子小小的心情，我懂；他的小小的心思，与我相通。

那时的我，就是这样一个小孩子，常常独自坐在大渡河边，痴痴地看着对岸国道上并不密集的车来车往。偶尔会有红白相间的长途客车经过，车顶上缚着行李，盖着黄色的油布，敞开的车窗里，有好多模糊的人头。羡慕之余，就会想象着自己有朝一日大模大样坐在那里面的风光，小小的脸上，于是微笑绽放，人也入定似的，一坐老半天，完全忘记了淘米洗菜的家务。

也有星光暗淡的夜晚，走在依山的小道上，脚下河水喧哗，远处的县城灯火稀疏。这时候心情往往闷闷的，不愿多说话，有一点赌气似的，只顾默默地走。然后仿佛是电光火石一般，一道散乱的灯光，从远远的地方猛地照过来，投射在黝黑巨大的山体上——那是辆晚归的汽车，刚刚拐过深深的山坳。这时候我的心中也会随之一亮，总是喜悦地放慢脚步，看着车灯由远而近，心中猜测着它的来处和去向。一直到灯光完全消失，四周又重新回到黑暗中，心中的快乐还是持续着，差不多可以陪伴我走完整段绵长的山路。

我有两个漂亮的女同学，就是因为受了汽车的引诱，从打工挣学费的二郎山道班上欢天喜地搭乘顺风车，却在临近春节的萧瑟黄昏，在一个名为金泽花的悬崖急弯处车毁人亡。

她们的名字我还记得。王瑞红，一个高挑稳重的漂亮姑娘，小学和我同班，就坐在我后面，我向她借文具，也和她打架。奉友莲，高我一级，差不多已经是大姑娘了，她把辫子盘在头上的时候，尤其显得秀丽和端庄。她们两个人都是学生文工队的骨干。

奉友莲葬于何处，我不知道。王瑞红的墓就在县城外的那条公路旁，日日夜夜，她都可以听到汽车的声音。我上大学的几年里，坐着班车来来去去，也总是要经过她芳草萋萋的墓地。后来，或许是家人疏于祭扫，那小小的坟头年复一年荒芜下去，现在，大概已是无迹可寻了。大学里参加诗社，我还专门写过纪念这位同学的诗，开头一句就是："你死了，死于车祸。"诗写得很直白，意境不深，优点是诚恳。

时光荏苒，转眼已经是 21 世纪了，汽油贵得令人心焦，汽车多得让人心烦，长距离坐车成了受累的同义语。秋风秋雨的黄昏，我还会有些伤感，假如当年，因为雨、雾或者风，因为冥冥中许多阴差阳错的理由，她们能够与那场可怕的车祸不露声色地擦肩而过，幸运地生活到现在，那她们就和我一样，也人到中年了。她们也会和同龄的女人一样地唠叨，一样地关心大米、蔬菜、基金股票、孩子教育，也会有一点发胖，所以格外在意健身美容，会在周末专事家务，然后呼朋唤友，逛街购物，再到茶楼打打麻将，顺便抱怨一下上涨的物价或者花心的丈夫……可惜啊，三十多年前的那场灾难轻易就改变了两个家庭的命运，把关于家有美女初长成的所有希望和憧憬变成了废墟，也使教室里，有两个靠窗的座位永远地空了下去。

这以后，有很长一段时间，小县城都笼罩在愁云惨雾里，冷不防炸响的汽车喇叭声，会惊出行人一身鸡皮疙瘩。两个女生花样年华的不幸终结，成了家家户户教育子女的经典案例，但人们的汽车情结，还是难以割舍。

记忆中，见多识广的汽车司机们很自然地形成了当时社会上一个相对封闭的圈子，有很强的优越感和排他性，旁人是不容易进入的，即使偶尔涉足，也会因为少见多怪的笨拙或者过分谦卑的局促引来白眼和嘲弄，最后自惭形秽，狼狈退出。

我印象中那时候的司机们说话总是粗声大气的，伴着决断的手势和说一不二的神情，以及驾驭和操纵一切的自信。他们手上常有油污，手劲大得惊人，端着巨大的搪瓷茶缸，从高高在上的驾驶室里威严地钻出来，彼此亲热地拍着肩膀，叫着奇怪的外号，粗野地讲着只有他们才能会意的段子，然后一起会心大笑。

大概是在小学三年级时，我终于有了一次搭乘长途班车去省会成都的机会。整个旅途，我陶醉在轰鸣的马达声、掠过车窗的风景和浓烈的汽油味里，小小的心中洋溢着满足和欢乐，全然忘记了去省城求医问药的父母囊中的羞涩。

行程中印象深刻的，还有一位坐在司机旁边的女兵。因为漫长的一路上，她都在从各个角度反复讲述这辆车如何专程到医院门口接她，又给她预留了最好的座位。她不厌其烦地讲着，全车的旅客在对她有些敬畏的同时，也像跟着沾什么光似的，群起附和，并因此知道了她和司机的姓氏籍贯乃至家庭住址。

女兵是回成都探亲的，记忆中的她穿一身簇新的军装。她把军帽向后仰得高高的，露出和样板戏《红灯记》中的李铁梅一样的漂亮刘海。她的确切相貌已经模糊了，想来倾城倾国、闭月羞花肯定是算不上的，但她倾倒了整整一辆20世纪70年代的解放牌大客车，包括司机，是千真万确的事实。

就这样沿着318国道，从泸定到成都，三百多公里的路程，我们一共走了三天，其中两天还是两头擦黑。路况不好是主要因素，但是汽车司机的随心所欲也是明显的，他似乎有意磨磨蹭蹭的，比如走到了邛崃附近的小镇大塘，毫无征兆地，汽车突然就停了，司机消失在一扇大门里面。两个小时后，还是毫无征兆地，人又重新出现，说是去下象棋了。

大人们都暗暗着急，我倒觉得自在，好不容易坐趟汽车，巴不得慢吞吞的，老不到终点，就可以摇摇晃晃地一直开下去，也好让我过足闻汽油味道的瘾。

但是，城市还是扑面而来。第三天，山没有了，平原上，少见的柏油路笔直笔直的，车速也快起来，好像知道大城市要到了，汽车在自动往前猛跑似的。

据说，当年的那个客车司机，不久以后就投水自杀了。我有时也想，他的死，仅仅是他的同事所解释的抑郁症呢，还是与那位招摇的女兵有关？当然，这是后话，当事人不在了，答案，也许只有他的汽车知道。

至于说汽油味，我到现在也还是喜欢。虽然油品升级，汽车换代，我还是有些固执地认为，要论汽油的香味，还是70号的地道，纯正。

通电之前的那些夜晚

◎ 闫 红

工业化给我们的生活带来全新的改变，也令我们失去了很多原有的快乐。

回乡

我 11 岁那年，休学去了马圩子。

还记得那天刮着冷风，我和小姑坐在路边的代销店里，等俗称"小蹦蹦"的机动三轮车，风卷起尘土，我们缩着头眯着眼望着路口。汽车、拖拉机、三轮车……各种车辆像甲虫一样，从地势低矮的另一端爬上来，过了很久，我们才等到开往陈桥的那一辆。

到了陈桥集，还有很长一段路。对不经常走长路的人来说，这无疑过于漫长，走到三分之一时我就开始步履艰难。后来我把伞变成了一根拐杖，每走一步，我就用它在前面地上戳出一个小孔，我鼓励自己的脚步不停地追赶那小孔，就像《围城》里比喻的驴子追赶挂在鼻子前的胡萝卜。这个虚幻的目标使艰难行程中出现了一点自我安慰似的乐趣，而我这点可怜的乐趣被小姑发现了，她觉得这个办法很好。我们就这样来到了马圩子。

马圩子是一个典型的平原上的村庄，状如酒囊，腹大口小，外围是芦苇与竹林遮掩的河沟，收口处为一条平平的小路，是村里人进出的必经之路，称之为"栈门口"。

从栈门口走进去，经过几家屋舍，穿越一块空地，就到了我舅爷家门口。我舅爷的家，以南北论，在村子的正中，却最靠西，门口有条路，西边的人出来进去，都打那条路经过。于是，初来乍到的那个傍晚，我吃了舅爷做的鸡蛋饼之后，就跟他们一样，坐在屋子里，看着路上来来去去的人。

歌里唱"暮归的老牛是我同伴"，在我舅爷他们村，暮归的不但有老牛，还有羊群、鹅群、鸭群……日之夕矣，羊牛下来，无论是悠悠然走在一头老牛旁边的，还是像带着队伍一样，驱赶着一群羊的农人，都很从容，见人还可微笑颔首。带鹅群鸭群的则不然，禽类智商低，没有那么驯服乖巧，人们不得不时刻发出"呃呃呃"的声音，也许他们试图让鹅鸭们以为，自己是它们中的一分子，而且是那个最强最无敌的领袖。

聚会

我舅爷吃过饭就歪到了床上，这并不意味着他要睡觉。床头的箱子上，一盏煤油灯的灯芯微微颤动，原本是清寒的煤油味儿，在偶尔噼啪一声的燃烧中温热起来。收音机里在放刘兰芳的评书《杨家将》，舅爷咬着早熏成黄褐色的石烟嘴听，墙外开始响起脚步声，我那单身了一辈子的舅爷，因为家里没有一位会摆脸色的女主人，他家就成了村里老少爷们的聚会中心。

那天晚上，我把脚搁在半明半暗的火盆上，听他们聊天。文学作品里，农民最关心的该是桑麻，但我的亲身体会是，马圩子人更把环球风云放在心上。有个人甚至能报出某个非洲小国国王的名字，说起国际大事，如数家珍，可谓那个时代的"草根公知"。

一个热闹的话题之后，是接踵而来的沉寂，满屋子便只剩下咂烟嘴的声音。我也觉得无聊，又不想睡觉，在家里的话，可以看看电视、翻翻书，在这个尚未通电的村庄，电视自然没有，煤油灯放得那么高，也不太容易凑近。正在此时，窗下响起一阵踢踢踏踏的脚步声，紧接着，门口冒出一群小姑娘，她们看着我，笑着。那咯咯的笑声，像是突然冒出的水。

在我们家乡，一家的客人就是全村的客人，村里的女孩约着一道前来拜访不足为奇。

我想起我奶奶提起过的一个女孩的名字，便大声问："小明子来了没？"那些笑声便泛滥开来，像水般淌了一屋子，一个女孩不好意思地"嗯"了一声。这个回应是一根灯绳，我拉了一下，世界马上变得既熟悉又清晰了。于是我认识了那些女孩：小影子、小林子、小平子、小娟子……这儿习惯用"小 X 子"称呼女孩子，念在舌尖很玲珑。

饭场

她们问我去不去饭场。去，当然去。我把脚从火盆上撤下来，塞到棉鞋里，跟着她们跑到我来时经过的那块空地上，对，这就是村里人所说的饭场。

我不知道在淮北平原上，是否每一个村庄都有一个饭场，在荒僻乡野它几乎等同于一个露天咖啡馆，虽然它看上去只是一块普普通通的平地。

早晨和中午，它被男人们占据，马圩子的男人十有八九不喜欢在家里吃饭，端着个碗，哪怕绕大半个村子，也要在饭场上蹲着吃，不管是稀饭面条还是白米饭，都要就着国家大事和村里八卦才能咽下。

夜晚，饭场成了孩子们的天下，即便在远远的大树下，也会有个把人蹲着，或是搬个小凳子坐着，但在中间疯玩的都是大小不等的孩子们。小明子说，她们每天晚上都要到这儿来玩。

我不知道她们以前都玩什么，在我到达的那个夜晚，我成了她们的中心。这前所未有的待遇让我不由得轻了骨头，以至于认为，自己可以像一个中心人物那样，带领大家来一点不一样的玩法。

我建议大家一起排个舞蹈。天知道我是多么缺乏舞蹈天赋，在每一次元旦晚会上，我都被排斥在那些排练舞蹈的女生之外，通常只有在一边看着的份儿。而在马圩子，我却认真地将那些旁观来的动作教给女孩子们，我的肢体一定是笨拙的，还加进去许多自己想出来的动作，但对于从未跳过舞的马圩子的女孩，这已经足够。

我还用因五音不全而饱受羞辱的嗓子，教她们唱《采蘑菇的小姑娘》，我们在清冽的月光下团团围坐，就像一圈小蘑菇，或是趁着月色出来开会的小兽。这于我固然是新奇的体验，马圩子的女孩大约也觉得新鲜，我们全体有着最饱满的兴奋，high 到一定程度，女孩子里最大的一个，小平子建议："我们去南地吧。"

南地是庄稼地，在马圩子外面。我不知道小平子为什么建议去南地，现在想来，大约是那片旷野更加舒展。我建议大家按照高矮排成队，我们就一个接一个地走出栈门口，出现在一望无际的田野上了。

田野里种着冬小麦，这会儿只是一片贴着地皮的绿意，夜色深蓝，夜雾弥漫，树丛在远方形成不很清晰的轮廓，我们置身的地方辽阔到让人需要倒吸一口凉气。我们顺着田亩之间的小径，排着队，唱着歌，朝远方走去，好像打算就此消失，再也不回来。

我们最后当然还是回来了。

流星

之后的很多个夜晚，我都和村里的女孩们互相呼唤着去饭场上玩，时间一长，不复新奇，我开始怀念起城市文明来。我敲出"城市文明"这几个字时都觉得自己挺装的，好吧，我不过是想看电视了而已。

小平子告诉我，在本地，想看电视，也不是不能做到的——邻村有一户人家买了台电视机，用电瓶在院子里放，附近村子里的人都去看。

没有电的日子，人很闲，日子很长，活得很原始，会信鬼信神。我奶奶就说，过去是有鬼的，现在有了电就没了，而马圩子，在很长时间里，都是一个可以有鬼怪妖魔的地方。

我爱在煤油灯下听关于鬼怪的传说，也爱在大雪天，走出屋，走到附近的田野上，看雪光银亮，亮里带蓝，觅食的野兔被脚步声惊起，飞快地窜入麦丛去，幸好它们碰到的是我，若是碰到那些带着气枪的农人就惨了，在冬天的淮北平原上，打兔子是男人们一项特别的娱乐。

唯一遗憾的是，我忘了在那时认真地看天空，记下每一颗星星的位置，我不知道我会成为一个"星空控"，在天空被光污染弄得模糊之后。不过，写到这里，我忽然记起，我曾经看到过流星。在夏天，马圩子的人都睡在外面，我总是很难入睡，大睁着双眼，看流星哗地落下来，这好像不是很难看到的异象。

我慢慢地睡着了，然后，在像晨露一样清新的牛哞声中醒来，看见邻居挑着铁皮桶丁零当啷地走过。

我爱那些不通电的日与夜。

马圩子是在哪一年通的电呢？不记得了，应该是在20世纪90年代初。在某个我不知道的时刻，马圩子瞬间变成了一个明亮的村庄，却不知，这是它孤独的开始：电视打开了一个世界，年轻人出去打工，回来的也不愿在村里居住，到村外刚刚开辟的集市上建起新式楼房。几年前我回去，它荒草丛生，像一座鬼堡。几个月前，我去看望舅爷，整个圩子只剩他一个人，其余的房子都已被房地产商拆除，我舅爷为了尽可能地争取点利益而负隅顽抗。

几个月过去了，我舅爷也搬出来了，那个圩子，可能已经消失了吧？

2013 这一年，

老爸们不再躲在幕后，

他们正高调地走上前台。

追寻一缕时光　／

老爸躲在后台的时代过去了

◎ 郭邵明

　　明星父子真人秀节目"爸爸去哪儿"在岁末蹿红，作为文化现象引发关注。为家庭奔忙、为事业打拼的爸爸们经常缺位，难怪孩子总会问"爸爸去了哪儿"。这档温情的节目让爸爸们重新审视自己，尝试回到孩子身边，学习表达关爱。

　　每一个带孩子单独出行的爸爸，出发前都会有很大的压力。比如，不会给女儿梳辫子怎么办，不擅长给孩子洗澡怎么办，不知道给孩子吃什么怎么办，旅行中孩子要是拖后腿怎么办，孩子生病了怎么办……权衡利弊之后，他们多半会选择放弃，又不是非做不可的事，为什么要把自己逼上梁山。可真要是出发了，也没那么可怕。

　　我家 5 岁的小姑娘今年就被她老爸带去了山海关，历时 3 天，过程有点戏剧性。最初是一个女同事说自己要带女儿去玩，就约了我们家："一起去吧，她们年龄差不多可以做伴。怕什么，有什么麻烦我帮你。"于是孩子她爸爸就放心地对女儿宣布："我们要离开妈妈3天，过瘾吧！"

可是到了出发日的前一天晚上，女同事的孩子生病了。那么，去还是不去呢？小姑娘的情绪显然已经如箭在弦上了，当爸爸的只有无条件服从。

结果，他们玩得很 high。白天不接电话，晚上电话终于通了，传来的却是在 KTV 唱歌的声音，我那句"对耳膜不好"还没说出口，电话就挂了。旅行结束后去接他们，发现自己基本等同于空气——女儿愿意跟爸爸的任何一个朋友走，就是不跟妈妈走。

而这仅仅是个开始。很快，女儿去玩轮滑的时候只需要爸爸陪着了。我一直都觉得自己是主角，要挑大梁，结果却发现，没有我世界依然在转。更有些时候，主角直接沦为观众，而这个观众能否看到剧情发展，还得看人家愿不愿意转播！

短暂的失落之后，我发现自己不过是习惯了大包大揽，所以其他人自动进入配合的角色，但这并不意味着他们没有独当一面的能力，不是人家要故意与你作对，他们只是在做自我独立的演习，显然，人家的目的达到了。

有一句话大概是这样说的：妈妈的陪伴等同于空气，不可或缺但是乏善可陈；爸爸的陪伴就像钻石，稀缺无比但总是亮闪闪的。

"爸爸去哪儿"里的爸爸们最初也是被逼上了梁山。他们不再是那个工作之余逗一下小朋友的爸爸，不再是那个只满足于周末当司机的爸爸，也不再是在妈妈唱白脸的时候客串红脸的爸爸，他们挑起的，是一个孩子带来的所有责任。

在女儿的辫子面前满头大汗，在宝贝狂哭的时候束手无策，面对一堆食材却毫无头绪，老爸们的旅行真的很累。他们一直在生活的 A 面，给这个家添砖加瓦，在事业的跑道上高歌猛进，突然闪到生活的 B 面，如此的琐碎，如此的闹心，他们甚至怀疑自己：我到底行不行啊？

可是渐渐地，你也看到父爱中的很多小火花。

沙漠里，Cindy 坚持要一个人滑沙的时候，田亮很纠结。同意吧，感觉好危险；不同意吧，女儿又很失落。最后他一路狂奔跟在女儿后面，生怕女儿有一点闪失。在那个沙坡上，女儿滑下来是快乐的，父亲跟着是担忧的。

生活中的老爸们也越来越愿意跟孩子待在一起了。有男性朋友坦陈，有了女儿后十分厌恶出差，哪怕两三天的出行，也会觉得自己和女儿在一起的时间被剥夺了。

我家的小姑娘跟爸爸也越来越好了。她喜欢追着爸爸打《节奏大师》的游戏，两人头对着头闯关，那种感觉跟妈妈在一起时是绝不会有的；旅行中她喜欢骑上爸爸的肩头，表情骄傲极了；东西坏了，她会很自豪地说："我爸爸会修，我爸爸什么东西都会修……"

23 岁的表妹说自己对孩子有一种无法自持的喜爱，得赶紧生孩子，虽然这姑娘还没结婚。

朋友在饭桌上说："我就想生一个 Cindy 那样的女孩，跟她一起臭美一起长大。"

出差中的妈妈风尘仆仆地赶回家，就是为了赶上看"爸爸去哪儿"，而女儿也放下自己的动画片，跑来跑去地唱着："老爸老爸，我们去哪里呀，有我在就天不怕地不怕。宝贝宝贝，我是你的大树，一生陪你看日出。"

没错，大家说的都是同一件事。2013 这一年，老爸们不再躲在幕后，他们正高调地走上前台。

食物的香气里，有一条通往过去的路

◎ 路 明

一

1970 年，十六岁的上海女青年周静芝响应号召，来到皖北农村插队落户。

天不亮就下地，干两个小时的活，回村里吃饭。早饭是红薯粥加红薯饼；午饭通常在地头解决，红薯饼拌辣椒，难得有盐水煮黄豆；晚饭是红薯汤加红薯干，吃到胃里直泛酸水。那时朝思暮想的，不过是一碗白米饭，外加一碟咸菜炒毛豆。

一间漏风的土夯屋子，住着五个来自不同城市的女知青。遇到雨雪天不用出工，大家就躺在铺上，有一搭没一搭地聊天儿。

聊天儿的内容通常和吃有关，美其名曰"精神会餐"。

静芝问苏州的冬珍："要是现在能回去，你最想吃什么？"

冬珍说想吃八宝鸭，众人来了兴致。冬珍接着说："一岁大的麻鸭洗剥干净，抹上酱油、黄酒、白糖，鸭肚子里填火腿、冬笋、栗子、鸡丁、笋丁、鸡胗儿、莲子、糯米饭，上屉，大火蒸熟。咬上一口，软糯无比。"

南京的雪梅插嘴："八宝鸭有啥可吃的，我们南京韩复兴的桂花鸭，吃一口，嘴巴能香三天。"杭州的红英小声说："我想吃东坡肉。"众人问："东坡肉是什么肉？"

红英说："买上好的五花肉，最好是五六分肥的，切成方块……"

大家一起摆手："咦，不要吃，不要吃，那么肥，腻都腻死了。"

那是插队的第一年，城里来的女生，哪怕数月不进油水，对大肥肉还是有着天然的抗拒。

红英急了，涨红了脸说："一点儿也不腻，真的，不骗你们，你们吃一口就知道了……"

盐城的来娣说："我们老家的鱼松才好吃呢。最小的带鱼一角五分一斤，上屉蒸熟了，剔除头尾骨，加一点儿辣椒炒，炒熟后放凉，装瓶，下饭吃。那个鲜啊，真没话讲。"

大家一起咽口水。

来娣说，她家里一共有五个弟弟妹妹，爸妈规定每个人每顿饭只能夹一筷子鱼松。吃饭时大家你看着我，我看着你，就怕谁多夹一点点。

来娣问："静芝，你最想吃什么呀？"

静芝低下头去。良久，听见她轻轻地哽咽："我想家了，我想吃生煎……"

我知道那家生煎店，印象中，是一个小小的、破旧的店面，藏身于喧嚣的菜市场中。无论刮风还是下雨，门前永远排着长队。每次母亲回上海，总要带着我去吃一回。刚出锅的生煎皮色金黄，焦香四溢，轻轻咬一口，滚烫的肉汁便溅了出来。

我见过母亲插队时的照片，瘦得颧骨突出，扎两个小辫子，穿白衬衫、解放鞋，胸前佩戴着领袖像章，昂首挺胸。

二

六九届初中毕业生"一片红"，统统下乡插队。静芝的第一志愿是去黑龙江呼玛，只因为"要去最艰苦的地方"。静芝的母亲心疼她身体弱，偷偷去学校找老师，把志愿改成了离上海较近的皖北。

名单公布的那天，静芝是哭着回家的。同学们说她是"叛徒""逃兵"。和母亲大吵若干架后，静芝坐上了开往蚌埠的知青专列。上海站红旗招展，挤满了送别的人们。火车开动，哭声一片。坐十几个小时的火车到蚌埠，先乘卡车，再换驴车，一路颠簸，来到了这个被称为"皖北西伯利亚"的地方。

迎接知青们的第一顿晚餐是绿豆籼米饭，硬硬的一坨儿。静芝吃了一口，扎在喉咙口，难以下咽。一旁的村民悄悄咽着口水。六八届的"老知青"赶紧劝："快吃吧，以后连这个都吃不上了。"

静芝诧异地发现，村里的孤儿特别多。

村北河滩边有一片沙地，种不了粮食，只能种西瓜。村里有个老鳏夫，干不了太重的体力活，专门负责种瓜，大家叫他"瓜把式"。夏天，西瓜熟了，两分钱一斤，可以从工分里扣。这是难得的可以敞开吃的日子。那些天，从老人到小孩，个个肚子滚圆。瓜不扛饿，一天要吃上好几个，人们仿佛要把一年的甜全装进肚子里。

女知青们搭班看瓜，没有工分，但瓜可以随便吃。大热天，在沙地上搭一个凉棚，摆两把竹椅，女知青砸开一个瓜，只咬瓤心那一块，嘟囔一声："不甜。"瓜把式劈手夺过，甩得老远，说："再挑！"扔瓜不算浪费，那时村里不通公路，瓜运不出去，来不及吃的都烂在地里了。

吃饱了，瓜把式在肚子上搭把蒲扇，卧倒在竹椅上，酣然睡去。

静芝在上海时学过一点儿素描，便拿出纸笔，画下瓜把式的睡相。画毕，张贴在瓜棚外，路人见了都笑。瓜把式醒来，见大家纷纷掩口而走，心中疑惑。等发现了原委，气急败坏，跳着脚骂了一通。骂完了，自己歪着头端详作品，不好意思地笑了："这兔崽子，画得还蛮像咧。"

三

皖北红薯多，红薯干三分钱一斤，做成粉条则卖五毛钱一斤，是绝对的奢侈品。那时，静芝一天的工分才八分八厘七。

粉条一般在冬季农闲时做，一来做粉条需要大量的劳动力，二来做好的粉条要冻了才能吃。村里有个河南来的粉匠，人称"粉把式"，负责全程指挥。

红薯切片晒干，大磨碾碎，小筛子筛过，大锅里煮成糊糊状，倒入漏勺压。几个精壮小伙子一齐发力，糊糊便从漏眼里齐刷刷地往下掉，落入滚水锅中成形后，迅速捞出，挂在竹竿上，晾成半透明状，粉条就做好了。条件好一点儿的人家，会请粉把式特别做一点儿绿豆粉条，跟猪肉、白菜搁在一锅里煮，晶莹剔透，入口爽滑，是过年才能吃到的大餐。

我记得母亲从来对市场上卖的粉条不屑一顾，她半是骄傲半是遗憾地对我说："可惜了，你是没吃过我们队做的粉条。"

有一次，静芝和生产队队长张见本去公社开会。开会的规矩是自带干粮，统一交到公社食堂，黄豆、绿豆、粉条、豆腐、玉米面……都可以，公社按一定的分量向每个人收取。

两个人去仓库领了一斤黄豆。快到公社时，张见本有了主意，他对静芝说："小周啊，咱们今天不吃食堂了，俺带你吃点儿好的。"

那时黄豆是硬通货，一斤可以换三斤豆腐。张见本跑了几个摊子，拿黄豆换来一斤豆腐、四两粉条，外加一把葱。又找了个认识的人家，把豆腐和粉条一锅煮了，撒上盐和葱花，滴几滴麻油，热腾腾，香喷喷。

很多年后，静芝还记得那碗豆腐粉条的味道。

四

快到年底了，静芝要回上海探亲。大队会计算盘一打，刨去饭钱，静芝一年总共挣了十块钱，可队里连这十块钱都发不下来。张队长过意不去，给知青们凑了些黄豆、绿豆、花生、瓜子、粉条，还有极其珍贵的芝麻油。在城市，这些都是凭票定量供应的。静芝还偷偷找村民买了些鸡蛋，用锯末垫着，包在衣服里，捆得严严实实。一辆驴车，载着大包小包，送姑娘们去火车站。坐了一夜的火车，抵达上海北站。静芝下了车，提着行李，东张西望。突然，行李被一把抢去："阿姐，我来。"回头一看，是两个弟弟灿烂的笑脸。他俩天不亮就在车站等了。"阿姐，这么重，带什么好吃的啦？""阿姐，姆妈一早去买了带鱼，晚上有口福了。""阿姐，我学徒工转正了，过两天请你们去'梅龙镇'撮一顿。""阿姐，'梅龙镇'不划算，阿拉多去吃几顿生煎……"

静芝和小弟坐公交车回去，大弟怕鸡蛋挤坏了，执意要步行回家。

当晚，小小的屋子里热气腾腾，蒸锅里搁着带鱼，铁锅里炒着花生、瓜子，静芝的母亲做了蛋饺肉皮汤，父亲特意开了一瓶酒，一家人欢声笑语。觥筹交错间，静芝掉下眼泪来。一年的辛苦别离，不就是为了这一天吗？小弟夹给她一个蛋饺："阿姐，趁热吃。"

此刻已是万家灯火，流离了一年的人们，终于坐到饭桌前，吃上了一顿团圆饭。

食物，是家长里短的温暖，是艰难人生的补偿。滚滚红尘，芸芸众生，没有比食物更能安慰人的了。

五

村里的老地主，山穷水尽了，一家家去敲门、借钱、借肉票，能借多少是多少。揣着钱和肉票，老地主去集市上买了半斤五花肉。据说，老地主回村的时候，全村的狗都围着他转。

关上房门，一条条切下肥肉，熬成猪油。剩下的肉切成薄片，用猪油煎，煎到两面金黄时，撒上粗盐。肉吱吱地响，用筷子夹一片，送到嘴里慢慢嚼。

五岁的小孙女坐在小板凳上，咽着口水，眼巴巴地望着他。家里好几个月没见过油荤了。

老地主把半斤五花肉吃完，半口也没给孙女留。他抹抹嘴，把孙女搡了出去，再次紧闭房门，用一根裤带了结了自己。

一直难以忘记这个故事。在生命的最后一刻，老地主在想什么呢？强烈的味觉、嗅觉刺激，饱腹感带来的充实，是否动摇过他赴死的决心。食物是这人间最后的慰藉，食物也把他逼上了绝路——买肉欠下的债，猴年马月才能还清？他早就盘算好了，乡邻仁厚，他死了，绝不会为难他的后人，这笔债就算跟着他一起入了土。

好嘛，时辰尚早，慢慢地嚼。

六

六十八岁的老生产队长张见本坐在门槛上喝着红薯粥，他低着头，捧着偌大的碗，把红薯一块块扒拉进嘴里。

我叫了声张队长，他放下碗，吃惊地看着我。

"张队长，从前这儿来过一个叫周静芝的知青吗？"

"有过，有过。你是？"

"我是静芝的儿子。"

"我的个娘嘞。"

我告诉他，我来蚌埠出差，发现离母亲当年插队的地方不太远，便一路寻到了这里。张见本唏嘘不已，三十多年了，我是头一个回到村里的知青后代。

老队长放下碗，领我去看母亲她们住过的土屋，那里现在已是一片废墟；又指给我看她们走过的路，犁过的田。他对每个路过的老人吼："看看，静芝的儿子。"老人们张大了嘴。一位大娘攥着我的手不放，眼泪都快掉下来了。

我问老队长，村里还做不做粉条。

"早不做啦。现在方便，哪天想吃了，就去村口的超市买点儿。就是那个味……唉，没滋味。"

"还种西瓜吗？"

"那都是啥时候的事情了。瓜把式一走，再没人愿意种。麻烦，还不赚钱。"

他好像想起了什么，笑眯眯地问："你妈妈现在还爱吃生煎吗？"

我诧异："你也知道生煎？"

他大笑起来："谁不知道那个一提生煎就想家哭鼻子的女娃子。我们问她生煎是啥，她说就是把肉包子放在锅里煎……"

我没有告诉他，母亲当年心心念念的那家生煎店，后来开了许多分店，成了著名的连锁品牌，却不再是从前的味道。

食物的香气里有一条通往过去的路，当食物消失，记忆也就不复存在了。一代人老去，他们曾经迷恋过、惦记过的滋味也随即被遗忘。

临走时，张见本非要送我一壶芝麻油。"拿着，"他说，"是自家的小磨推出来的，香。"

对于目前复杂的职场来说，
兴趣培养要视个人情况而定，
依据环境做出调整，量力而行。

追寻一缕时光 /

复合型人才与业余爱好

◎ 穿过流水

　　有位朋友十分爱喝红酒，道行颇深，家里存有相当数量的知名酒庄的红酒瓶塞，连哪种酒的葡萄是种在半山还是山顶，什么酒该配什么调料的餐点，皆谙熟于心。朋友的正职是负责高科技产品的销售，但他总能在重要的商务宴请上，悠然端杯年份在1990 年以前的红酒，用淡定的语气和三四句资深品酒师的行话瞬间打动 VIP 客户的心，取得高端层面上的装范儿共识。凭着辉煌的销售业绩和强势的人脉，他的职位很快得到了提升，如今已经管理着他们公司在整个中国区的销售业务了。因此，在酒桌上赔笑陪酒喝到烂醉算不得本事，亦不利于身心健康，真正的牛人只是虚张声势地开瓶酒，不费工夫便把大事办了，同时结交了长期合作的大客户。

　　一位蕙质兰心的前同事，特别喜欢制作布艺。作为 500 强企业的财务经理，平时公务已经够忙乱不堪的了，但她总在机场或飞机上利用别人睡大觉、看文件、打游戏的工夫，拿出随身携带的布包，从里面掏出几块事先准备的碎布，塞好米或棉花，缝缝补补成小兔子小马驹什么的，然后转手送给同事或朋友，或者放在家里拍成照片发在博客上，引来赞赏无数。我困惑地问她："你成天穿针引线，不累吗？"得到的却是一个白眼和一个充满哲理的回答："你可真俗，缝东西可以把烦恼塞进去，心情自然会好起来。"看看，相对于聒噪的商务环境来说，带着娱乐精神，动手做点小玩意儿，恰恰和我等俗人分出了高下。

管理学界热衷的复合型人才理论，应用到企业便是一人多能、一人多面，最好搞产品研发的人能把媒体公关方面的事也处理得天衣无缝。可当大家倍感恐慌、拼命进行了几年"单一"转"复合"的能力拓展后，又有职场专家站出来发话：若不是 CEO 的话，多能就等于无能，好比包治百病的药和白面团的功能无异一样。于是让人纠结的问题出现了：究竟如何才能成为真正的高附加值人才？相对简单保险的方法就是像以上两位那样，在保证事业顺利的基础上，心情愉快地开发有利于工作或者有利于缓解工作压力的兴趣特长，做一名低调的复合型人才。

不过，对于目前复杂的职场来说，兴趣培养要视个人情况而定，依据环境做出调整，量力而行，不要成为额外的负担。前几年，大小媒体纷纷报道各酒吧惊现白领调酒师、白领 DJ 乃至白领领舞，顿时引得不少上班族跃跃欲试。殊不知这类人起码具备两个条件：一是弹性工时，二是精力极好。秉持"全民健身迎奥运""和谐娱乐迎世博"的理念，此般业余爱好其实非常不实用，况且它有"第二职业"之嫌，不酷不牛不安全。我想没有哪位上司听闻手下员工在酒吧跳钢管舞，仍能保持基本的表情镇定。

我遇到过一类员工，往往会由于个人爱好而耽误主业的发展。部门里曾经有一个热衷户外运动的家伙，周末经常到深山里徒步，周一再狼狈不堪地赶回公司，全天工作效率可想而知。有次周日晚上，我们有急事提前到公司开会，他一身风尘而来。轮到他上台做项目陈述时，讲起话来磕磕巴巴，逻辑全无。大老板开始尚能压着火，中途实在绷不住，一拍文件夹，椅子往后一退，几乎愤然而走。我赶忙发短信让部门秘书过来诈称有客户急电找他，然后换另一个同事上去接着把 PPT 讲完，项目才勉强得以通过。后来我找他谈话，嘴上说："老大，你能不能改改习惯，等休长假时再去户外，平时好好上班？"心里却在嘀咕，你以为你是王石吗？可以随意登山，一别半年，没人敢吭一声。

作为专业人士，因为个人私事影响到公司大局是极度缺乏职业精神的表现。副业玩得再好，离开了个人主业的成功，一切都如云烟般不值一提。"玩物丧志"和"多才多艺"的区别是：到底有没有强硬的工作背景来支撑你。正餐保证生活，甜品点亮生活，所以业余兴趣最好控制在锦上添花的范围内，过度沉迷实在无益。不过也有相当一部分职场牛人，唱着《勇气》，毅然决然将副业发展成了主业。我的一个同学大学时喜欢搞婚庆策划，毕业后在证券交易所工作了两年，遂入了朋友婚庆公司的股份，成为名副其实的自主创业先驱。

这大致可归为个人小情怀的大爆发，我们得为此大声叫好，因为有效推动了人力资本的良性流动，为政府最头疼的创业引导方面提供了经验。

也许有人会问："我没业余时间，也没啥其他兴趣，怎么培养特长呢？"那就好好培养工作兴趣吧，以后工作就是您的爱好。雇到您这样敬业的员工，老板肯定梦里都要笑醒。

那些年，我们一起观测地震

◎ 格桑亚西

20世纪70年代，中国西部地区地震频发，自1973年2月6日炉霍县强震开始，平武、松潘、康定、九龙，地震此起彼伏，闹腾得鸡犬不宁。

虽然震级都不高，但宣传手册上明明白白印着"小震闹，大震到"的口诀。定期传达的震情通报中，趋势预测用语通常是：今冬明春。总之都是不太好的预言。从我记事起，整个康巴地区，躲地震就像藏猫猫，是儿时生活中的常态。

缘起

那也是崇尚人定胜天、动辄打一场人民战争的时代。

群众路线、土法上马、遍布网点、加强观测是战无不胜的法宝，泸定中学地震科研小组就在这样的背景下应运而生。

恰逢高年级同学即将毕业，需要补充新鲜血液，也因为我们是本校教工子弟，人虽黑瘦，还算聪明伶俐，班主任有意栽培。初一的我和同班的陈被直接点名，成为小组一员，有机会出入那间"闲人免进"的神秘"黑室"。那间房子整日门窗紧闭，点着红灯，像冲洗照片的暗室。后来知道，这是观察"土地磁"的必须环境。

高年级同学匆匆"传帮带"一阵子后，钥匙正式交到我们手里。观测仪器很简单，"土地电""生物电""地应力"，还有前面提到的"土地磁"。唐山大地震后又新增"陶磁偏角"，但因为技术含量太高，从未正常安装使用。

主角"土地电"其实就是在东西南北四个方位分别深埋四块电极，连接室内两部微安表。每天早中晚，我们观察读数，记录下来，算出平均值，再用学校唯一的手摇电话报告数据，然后定期在坐标纸上绘图。每周一次，我们走路进城，将数据报送至县地震办公室。

地震办的工作人员姓周，胖胖的中年女性，笑眯眯的，很和蔼，我们称呼她周娘娘。她的大女儿姓白，皮肤也白，已经算是个大姑娘了，有时替母亲值班抄收数据，我们在电话里经常联系。她的声音很好听，和她母亲一样。

那个年代，学业轻松，期末考试常开卷，上大学靠推荐。既然没有考试压力，我就把心思的一大半都放在了地震小组。日复一日，我们认真观测记录，按时上报数据。有时贪玩忘记时间，回家晚了，父母询问，一句"我在地震小组"，他们便不再吭声。

有时我故意当着同学的面，大模大样拿出钥匙，打开房间，煞有介事地摆弄一番仪器。看他们挤在门口，探头探脑，不敢擅入，我心中好不得意。

前兆

和地震有关的大事件，真的就来了。

冬季的一个早晨，头顶冒汗的班主任咚咚敲门，说他跑步时发现有一处地方在冒水。刚巧头一天晚上才有小震，手册中有关临震前兆的章节介绍：鸡上树，狗夜哭，井水不明原因浑浊，水位骤然升降，喷沙冒水，都是明确的特征，预示着极大的危险。

我叫上同伴，一口气赶到事发地点，天色还未透亮。冒水点在操场边围墙根儿，出水量还不小，把枯黄的草地浸湿一大片，结成薄薄的冰。我们语无伦次地电告周娘娘。县地震测量队很快派来专业人士。那是一位说北方话的叔叔，他用罗盘仔细测定方位，取小瓶采集水样，详细询问经过，在一本很厚的黑色笔记本上一丝不苟地记录。

我们满怀虔诚地仰望他，像在望着已经显形的地震，眼神里写满敬畏。他还视察了我们小小的观测室，表扬了师生们的警觉，邀请我们去地震队做客。

我们愉快地接受了邀请。他教我们制作了几个小装置，比如倒立的酒瓶、圆锥顶端的钢球，等等，现在想起来，都属于事后诸葛亮的东西。倒是他送的几个大号干电池派上了大用场，后来我自制的幻灯机就用它们供电。

几天后，冒水停止，留下一个黑魆魆的窟窿，并没有发生地震。

补助

1976 年的夏天分外漫长。暑假开始不久，大地在凌晨震动。消息发布，强震果然降临，不在四川，而是在 7 月 28 日 3 点 42 分猝然袭击熟睡的河北唐山，伤亡惨重。

就算是在封闭的年代，小道消息还是传开。接地震办通知，我们地震小组加强值班，增加一次观测时间：午夜 12 点。除发给我们电筒、电池，周娘娘特意说明，有额外补助。

校长索性给我一把政宣组办公室的钥匙，以保证通讯联络。那部全校仅有的电话，放在政宣组办公桌中央。平日里政宣组是个让人害怕的地方，但凡学生犯事，班主任管不了，就被移交到这里接受处罚。现在，因为地震，我可以随时进入，坐上老师的破藤椅，摇把一转，电话那头，常常是周娘娘活泼的大女儿。

那是个紧张而充实的暑假，学生全部离校，偌大的校园空空荡荡。9 月，寻常年份开学的日子，学校贴出告示推迟开学，值守仍在继续。

9月8日，我和同伴相约通宵值班。那一夜，校园里很静，秋虫也不似往日一般吵。平日里父母都督促要早早睡觉，这时候因为地震，可以熬夜，我们有类似过年守岁的兴奋。夜深了，去菜地摘来南瓜，白水煮着吃，居然好香甜。后半夜，"土地电"指针突然大幅摆动，显示地下磁场变化剧烈。我赶紧记录，天亮将资料急送县里。

回家已近中午，我疲惫不堪。一觉睡醒，已是黄昏，广播里响彻天地的是迂缓的哀乐和一字一顿的哭腔——毛泽东逝世了。以地震的名义，我见证的竟是转折的历史。这夜，是政治上的唐山地震，震级烈度无法估算，当时却没有感觉。漫长的暑假终于结束，"四人帮"也被打倒。60天的值班，每天两毛钱补助，共计12元。

周娘娘口头表扬了我们，并且说，县地震办要召开地震工作会议，到时邀请我们参加。

这是幸福的时刻。对不满13岁的我，1976年的12元钱绝对是一笔巨款。此款先被母亲借去买米，半年后大部分索还，最终买了两件时髦的电动玩具：绿坦克、红摩托。我珍藏至今，玩具的马达还可以转动。

伙食

会议在次年春天召开。半天会议，集中了全县各个地震小组的骨干，有知青、军官、工人和农民，也有专业台站的技术人员，是真正的知识分子和工农兵相结合。讲话的人很多，印象深刻的是一位领导模样的人。周娘娘把年龄最小的我介绍给他，他握了握我的手，一口一个"小将"——这是那个年代特有的称谓。

起初的新奇过去后，我频频抬头看墙上慢吞吞的钟，心中惦记的只是那顿计划中的午餐。好不容易熬到散会，一众人去国营饭馆就座。没有酒，但回锅肉、大米饭管够。大人们短短地谦让一番，终于不再说话，专注地大快朵颐。吃完饭，领导们回去午休，我们几个年轻人相约到铁锁桥头、红军楼上合影留念。

那是我生平头一次享用会议伙食，其标准当然远逊于现在，不过在当时，已经在饭馆里引起艳羡。会议和回锅肉联系紧密，开会的精华在于吃饭，这个观念，从此生根。

于是，我非常盼望开会。

落幕

1977 年冬，停顿逾 10 年的高考恢复，读书的目的骤然明朗。老师强调分数，我们不再去县农机厂，取消农忙假，也不帮公社抢收抢种。地震小组还在，观测也在继续，其间还报准过一次。我们注意到仪表读数连续偏高，大胆做出试验性预报，不知是不是巧合，但的确对应了几天后的松潘 4.1 级地震，再次受到周娘娘的口头表扬。

　　继而学业日重，家长管束趋严，地震小组的工作逐渐松懈下来，终于换作新同学，我们完全退出。当时，每人得到一个笔记本的奖励。翻开漂亮的红塑料封皮，扉页有亲切的题字："赠给为党、为人民站岗放哨的地震第一线哨兵——格桑亚西。"

　　再过两年，我们都如愿考入大学，我去北方读经济，同学陈选择本省大学的地球物理专业，毕业后分配到地震局。仿佛命运安排，地震成了他的终生职业，我则永远停留在业余阶段，只有专心当志愿者的份儿了。

　　那个笔记本，上面满是初中同学的毕业留言，我带进大学，保存至今。它红色的封面和发黄的纸页是我们曾经守望地震的见证。

而我们知道，中国改革开放 30 年所取得的种种成就和进步，
就是由各个领域中
千千万万的这样的斗争、突破与挣扎的浪花构成的……

新中国电影的初吻

◎ 曾　颖

　　对于当下的中国影视观众来说，拥抱与亲吻的镜头可谓是见惯不惊了。但往回 30 年或更长的时间里，这可是大逆不道的事情。别说中国人拍摄的电影里不能有这样的镜头，就是外国人拍的电影在中国放映时，也要把亲吻镜头删干净，而报纸杂志，如果胆敢登这些剧照，不仅会受到来自有关机构的查处，还会受到民间保守人士的口诛笔伐。1979 年，《大众电影》第 5 期封底上刊登了英国电影《水晶鞋与玫瑰花》的亲吻剧照，引起一场轩然大波，全国数百万人参与到激烈的论战之中，成为一大历史事件。

　　即便是在这样的坚冰状态下，中国电影人中，还是有敢于吃螃蟹的人。他们拓荒性地在只剩下几部样板戏的中国电影荒漠上，挣扎着开出了一朵惊天动地的小花。这朵小花，便是新中国电影史上的第一个吻，虽经过删节与修正，只有 3 秒钟，却如千里冰封的黄河上融开的第一道冰痕，成为滚滚春潮的前奏。

初吻：以农村包围城市的态势悄然来临

1980 年春节前，在一些大城市的远郊电影院，开始悄然上映一部名为《不是为了爱情》的新片。这种事后证明是有意为之的反常上映方式，不仅没有如主事者期望的那样使影片逐渐淡化并最终消失，反而以农村包围城市的态势，迅速从边缘进入中心城区，热映达半年之久。此片让地处西南一隅、在中国电影界处于相对弱势的峨眉电影制片厂，在当年创下了建厂以来最好的纪录，售出 300 个拷贝。按当时 1 万元 1 个拷贝计算，这已是个天文数字，而此片投入的成本，不到 40 万元。

这部电影成功的原因是多方面的。其一是主题，讲述受"四人帮"迫害的人们相互扶持帮助的故事，契合了当时全国人民"拨乱反正"的愿望与心态；其二，该剧的主角是个漂亮的意大利留学生，与当时充斥于银幕的五大三粗只有刚强缺乏柔情的女主角形成反差；其三，也是最重要的一点，电影中正面描写了爱情，颠覆了传统银幕形象中那些不食人间烟火的钢铁男女。不仅如此，还展现了疑似"三角恋"的复杂感情，并且还有一段虽然短暂却振聋发聩的亲吻镜头。

没有人说得清以上原因中哪一条的比重更大一些。但这几个因素，用当下电影发行的行话来说，即具有"炒点"和"引爆点"，受观众的关注并引起轰动，也就是自然而然的事。虽然当时的媒体，有意地抱以批判和指责的态度来报道和评论该片，反而起到了推波助澜的作用。

2008 年 9 月 29 日，在影片上映后的第 28 年，我到峨眉电影制片厂采访了该片导演向霖，听他讲述了该片拍摄和审查中鲜为人知的故事。

缘起：大字报背后的悲情故事

《不是为了爱情》缘起于一次偶然的朋友聚会。

1979 年春天，时年 50 岁的峨眉电影厂导演向霖赴京送审新片《冰山雪莲》。因为电影中有一场兄妹桃园重逢的戏被主审的领导批评"太像谈恋爱"，要求删改。而这场戏是向霖最得意的一场戏，大家是挂着氧气袋在罗布林卡抢拍下来的，得之殊为不易。

向霖正郁闷着该怎样给那些决定电影生死的白发老人解释的时候，该片的主角杨继业带着一位朋友来看他，这个人就是《不是为了爱情》的编剧杨韬，当时在铁路文工团工作。

杨韬讲起了当时轰动北京的一则新闻：一个女子，丈夫被"四人帮"迫害致死，她在绝望中想自杀，一个工人把她从河里救起，并一直关心照顾她，让她恢复了生活的勇气。两人也开始相爱并准备结婚。但就在结婚前夕，"四人帮"垮台，她被宣布死亡的丈夫出现在他们面前……

这篇题为《我该怎么办》的大字报所披露的故事，在当时的北京城里引起巨大的震动与争议。这个故事深深地打动了正在为下一部影片寻找剧本的向霖，他于是委托杨韬把大纲写出来。

三天后，杨韬带着大纲来找向霖，边念边谈自己的设想，当场就有听者落泪。大家通过交流，对剧本进行了风险评估。

此片政治上是反"四人帮"的，与当时的大背景是契合的。难点是写了爱情，这对于那些连兄妹桃园相会都不允许的主审者来说，确实具有太大的挑战性。

为了保证影片能安全出笼，他们定下一个基调：将女主角定为有外国元素的人，最终是将其写成一个白求恩医疗队烈士的遗孤，父亲是白求恩的战友。事实证明，这种选择虽然为他们的拍摄工作增加了巨大的难度，但对影片的最终通过起了决定性的作用。

在这天夜里，他们基本定下了这样一个基调：新中国电影史上的初吻，由一个外国女孩来完成。当晚，他们还决定将杨韬初定的片名《这绝不是爱情》改为《不是为了爱情》。

熟悉中国电影的人知道，确定剧本大纲，对于一部电影来说，只是万里长征走出的第一步。

选演员：找个外国人比登天还难

向霖回成都后，向领导汇报了在北京的经历和自己的设想，领导听后，原则上表示支持，但因为涉及众多敏感的东西，相约等剧本来了之后再做定夺。但一晃几十天，剧本却音讯杳无。

两个月后，向霖和厂领导一起赴北京参加创作研讨会，在会上听当时的中央领导做解放思想的动员报告。领导鼓励他们打破条条框框去创作，想怎么拍就怎么拍。

这件事极大地鼓励了峨眉电影厂领导和向霖本人，坚定了他们要把这部电影拍出来的信心。这时，他们得到消息，编剧杨韬的一位在北影工作的朋友无意中把剧本传到厂里，被大导演凌子风看中了，凌当时正在拍任务片《李四光》，对《不是为了爱情》爱不释手，想放下手中的《李四光》，先拍这部。

向霖知道消息后，万分焦急。当时并没有什么版权概念，对方又是大厂的王牌导演，他们根本不具备任何竞争优势，但他仍决定去争取一下。他和领导一起找到北影厂厂长汪洋，向他陈明峨眉电影厂策划并打算投拍《不是为了爱情》的情况。汪洋当时正苦于没有理由阻止凌子风停拍《李四光》，正好做个顺水人情，答应把本子还给峨眉电影厂。

剧本确定后，开始选演员。在向霖导演看来，这是该片众多困难中的第二大难点，其难度和压力，仅次于最终送审那道生死关。

由于长期的闭关锁国，当时在中国的外国人非常少。而且，这不多的外国人，还必须通过几十道关口的审查和批准，才能参与到拍摄中。这几十个公章中，最困难也最重要的是文化部的公章，而印章就掌握在那位下令修改兄妹桃园相会的老同志手上。连"像谈恋爱"都不允许，何况是真谈恋爱，而且是和外国人谈，简直太不可思议了。

为了绕开这道关口，有人建议他们像其他国产电影一样，在国内找个高鼻梁的少数民族演员来扮演。他们也真试着这么干了，但选了一堆人，拍照片，怎么看都不像，最后还是决定找真正的外国人。

向霖和剧组人员求助于外交部，寻找外国专家组及有外国血统的混血儿，但因为形象、气质和年龄等条件不符合而一一否定。

就在几近绝望的时候，北京人艺演员蔡安安建议向霖去找留学生。借着一次留学生集体组织看电影的机会，向霖跑到电影院去仔细挑选并终于发现了后来在电影中扮演女主角的意大利留学生裴兰·尼克莱达，她当时在北大哲学系留学，即将毕业。

经过漫长的申请与批复过程，盖上了从外交部到北大到四川省委外事组在内的 10 多个大红公章，其中最难的文化部公章，因为那位领导出国访问，而意外地漏了网。

万事俱备，影片于 1979 年夏天正式开拍。

拍摄：把女主角当内控对象

由一个真正的外国人参与国产电影的拍摄，而她又来自资本主义国家，并且要深入到中国"大三线"的腹地成都，其敏感程度可想而知。有关部门对此做了严格的规定：其一，北大必须派一名老师全程陪同拍摄，一方面可以照顾生活，另一方面可以监督和管束；其二是居住在当时成都唯一的涉外饭店锦江宾馆内，除了拍戏之外，不能自由外出；其三，除了与导演之外，不能与剧组其他成员交谈。

以上几条规定，使尼克莱达在整个电影拍摄的 30 多天里没有和同组的演职员有任何的私下交流，甚至连影片拍摄结束后的杀青庆祝宴，也是一个人在宾馆里进行的，她对此提出了抗议。而中方人员，则一贯地带着笑脸向她解释是怕她不习惯中国饮食，是对她生活习惯的尊重。

影片在成都的内景拍摄非常顺利，秋天赴北京拍外景，在天安门广场和友谊宾馆、莫斯科餐厅等市内景点拍摄完毕后，剧组转战香山，拍摄本片最关键的一段戏。这段注定写入中国电影史的片段，是在极其平常的状态下拍摄而成的。

据向霖回忆，那是一个明亮的秋日午后，男主人公即将被"四人帮"爪牙抓进监狱，与女主人公面临一次生死离别，那个吻是情急之下的生死之吻，是本剧不可剥离的情感引爆点。因而，向霖遵从艺术规律，很平静地安排了这场戏的拍摄。他并不知道在那个下午他所做的事在整个新中国电影史上的意义，只是像安排日常的镜头一样，从容地安排手中的活计。

当天，他们一行 10 多人坐着从外事组租来的面包车来到香山，由于天气燥热，剧务遍寻小卖部，只买来 10 多瓶汽酒，把全组所有人都喝得脸红红的，特别是扮演男主角韩玉的演员李世玺，不知是对酒精过敏还是对即将要拍的镜头过敏，脸红得吓人，人们一度担心拍不下去。相比而言，女主角尼克莱达显得大方得多。

没有清场，现场平静得只听得见风声。男女主角对视，相拥，闭眼前倾，嘴唇相碰，热吻，镜头摇出，阳光在树影中旋转……

整个过程约半分钟，一条胶片就过了。

新中国电影的初吻，以近乎平淡的方式，波澜不惊地拍摄完毕。

审查：北影观众救了电影的命

电影拍摄完毕，接着送审。按惯例，审片时导演在现场，聆听审片意见，按意见进行修改。

但审查《不是为了爱情》时，却打破了这种惯例，导演不能参加。向霖推测可能是关于该片的种种传闻已让它进入另册——此前，圈内关于外国留学生、亲吻甚至裸戏的流言已是沸沸扬扬了。

影片是由向霖最担心的那位老同志主审。他是受"四人帮"迫害的老干部，为人正直，只是对爱情类戏比较反感甚至过敏。

影片理所当然地出现激烈争议。一派意见认为，这是一棵毒草，必须将其彻底消灭，并追究有关人员的责任；一派意见则认为影片总体是好的，个别镜头可以做修改，其中亲吻镜头不是噱头，而是情节必需。两派意见相持不下，最终决定在北影搞一次小范围试映，看看观众的反应。

试映当天，北影厂放映大厅座无虚席。

　　电影结束的时候，观众席上掌声如潮。北影的同行们，用他们的掌声和艺术良知，为《不是为了爱情》投了赞成票。北影虽然错过了这部电影，却在关键时候，救了它的命。

　　万幸的是当时正值改革开放初期，主审领导也没有一意孤行，而是遵从民意，同意影片修改后低调上映。

　　修改意见在现在看来也有些荒诞。第一是去掉片头字幕里的拼音，因为像洋文；第二，接吻镜头，包括有接吻暗示的音乐过程和空镜头剪短；第三，片中的白求恩医疗队太实，虚化成"国际医疗队"。

　　通过上述一系列修改后，影片在 1980 年春节前夕低调上映，成为当年一个重要的社会事件，并引起各界人士的激烈讨论和争议。它的整个过程，成为新时期思想解放大潮中的一朵浪花。而我们知道，中国改革开放 30 年所取得的种种成就和进步，就是由各个领域中千千万万的这样的斗争、突破与挣扎的浪花构成的……

　　相关链接：

　　1957 年，《护士日记》因一个医疗站长亲护士脸蛋的镜头而受到批判。

　　1959 年，《聂耳》中，赵丹即兴添上的一个接吻镜头被删。

　　1979 年，《生活的颤音》中，一对情侣在告别时有"接吻"的意图，被刻意改为女方的母亲推门而入，将这一吻扼杀。

　　1980 年，《不是为了爱情》中北大哲学系的意大利留学生装兰·尼克莱达在电影中被剪到 3 秒的接吻镜头，结束了新中国电影此前 31 年无接吻镜头的历史。同年，《庐山恋》中出现了一个 20 世纪 80 年代中国电影的经典爱情片段：一见就追，一追就跑，一跑就倒，一倒就咬，并且，当男友不敢接吻时，女孩流行说："你真傻。"当男友要接吻时，女孩流行说："你真坏。"此后，"爱情"一度成为电影中的时髦题材。

防空洞里过大年

◎ 王　娟

　　我的老家在云南东南部的马关县境内，我们村到越南的直线距离不足 50 公里，离老山主峰不远。

　　"小三，去把哥哥姐姐叫回来，我们家要照全家相。"正与小伙伴在晒场游戏的我，被母亲急急地叫走了。

　　全家相很快就照好了。天快黑时，父亲跟着那两个为我们照相的客人走了。

　　这是发生在 1978 年 12 月初的事情。听母亲说，那两个客人是县上派来接父亲的工作人员。县上组织了一批民间战地记者，前往战区采访报道支前民兵的动人事迹，也采访作战部队的官兵，但具体去哪里却没有告诉我们。

　　其实，在 1979 年 2 月 17 日对越自卫反击战正式打响之前，我们这些靠近越南的村寨就不平静了，冷枪冷炮已经持续了好久。

村子里那些二三十岁的身强力壮的男人，分批轮流去战区作战前准备，30 天左右换一次。换回来的人只说自己去前线修路、运送战备物资，别的什么都不说，特别是不说自己去了什么地方，个个说的都是"前线"。想不到四十多岁的父亲也能去前线。我们自豪着呢！

眼看就要过年了，父亲还没有回来，一点消息也没有。母亲曾经领着哥哥到我们旁边的一个寨子去打听父亲的消息，那些才从前线回来的人都说没有见到父亲。会不会像小朋友说的那样，爸爸被越南人的炮弹炸死了？我们越想越害怕。

1979 年 1 月 27 日，也就是大年三十那天中午，父亲回来了，带回一些好吃的东西，一些报纸（应该是刊登有父亲的作品的），还带了几种大小不同的子弹壳。我们兄妹几个围着父亲打转，突然感觉好久没有听到母亲说话的声音。我转身，发现她坐在门墩上抹眼泪。

父亲说："我们要好好准备年夜饭，过一个热热闹闹的年！"然后吩咐母亲与大姐去煮饭，我和哥哥打扫卫生，妹妹们自己玩，不准跑远。父亲的事情是用大红纸写几副春联，贴在所有的门上。

天黑了，饭也熟了。时不时还能听到炮声，母亲说越南人知道我们中国人在过年，说不定会来偷袭我们，父亲说应该不会，可能是修路炸的石炮。接着又响了几声炮声。为了安安心心地吃年夜饭，我们提着马灯，把饭菜搬到了家门口菜园边的防空洞里。

防空洞不高不宽，但是很深，我们只能猫着腰进去，可以坐，但是站不起来；里面摆不下吃饭用的桌子，父亲提来几捆谷草铺在洞里，饭菜就摆在谷草上，我们也坐在谷草上。一家人有说有笑地在防空洞里吃了一顿难忘的年夜饭。饭后父亲给包括母亲在内的每个人都发了压岁钱，还讲了很多支前民兵和战地医院里的故事。

2007 年 4 月，我去越南旅游了一个星期，见证了边境贸易的红火。而在越南国土上的那些天，我想得最多的却是那场打了 10 年的对越自卫反击战，想得最细的就是 1979 年我们家在防空洞里过年的情景。

千年过去，如若我们真有机会重返人间，

在德令哈，在额济纳，在周天子的雪山下，

一定会再次见到诗人海子。

面朝大海，春暖花开

——怀念海子和那个纯真年代

◎ 格桑亚西

姐姐，今夜我在德令哈，夜色笼罩

姐姐，我今夜只有戈壁

……

今夜我只有美丽的戈壁 空空

姐姐，今夜我不关心人类，我只想你

20 年前，也是春天，诗人海子走向山海关，在火车道上，结束了自己属于诗歌的年轻生命。

他留下"面朝大海，春暖花开"的芬芳诗句，至今温暖着我们的心。

他希望"喂马，劈柴，周游世界"，他想要"从明天开始，做一个幸福的人"。

他真诚地努力过，最后他选择放弃。

有人说，他的离去标志着那个纯真年代的终结。

有人说，他死于孤独、抑郁、江郎才尽。

20 年了，那时北京，多少往事青春。

整整 20 年了，当年的诗人老的老，疯的疯，下海上岸，富裕或者清贫，只有海子永远不老，只有诗歌永远年轻。整整 20 年过去，安徽怀宁查湾村乡下的弟弟们偶尔翻开哥哥的诗集，依然困惑于"从明天起，关心粮食和蔬菜"的诗句，他们想不通"我有一所房子，面朝大海，春暖花开"的实际意义。他们迷惑：大米蔬菜，那时并不金贵，至于房子，时间一到，公家分配，在不在海边，春天秋天，又有什么关系。大学毕业，留居北京，工作体面，够让人羡慕了，总之一切的一切，似乎和死亡都扯不上关系。

但是海子还是走了。1989 年 3 月的一天，他悄无声息地去了山海关，口袋里只有单程车票，没有酒钱。他找一处无人的铁道，躺好，松口气，微笑着等待火车，就像等待一首好的诗歌。他仰望阴霾的天空，眼角有温情的泪水。

那是北方的早春，萧索、寒冷，小酒馆门口挂着厚厚的棉帘，眼镜片结满朦胧的雾气，丁香和玉兰全都光秃秃的。

那是纯真年代激情消退的日子，理想主义坚守的阵地伤亡惨重，物质主义的进攻势如破竹，炮火连天，空气颤抖，天空燃烧，援兵杳无音信，而诗歌已经弹尽粮绝。

海子对 1989 年的小酒馆老板说："我给大家朗诵我的诗，你们能不能给我酒喝？"

老板的回答生硬却带有诗意："我可以给你酒喝，但你别在这儿朗诵。"

酒客哄笑，诗人悻悻走开，再也没有回来。

海子在那个迷惘的年份选择山海关，选择卧轨，选择死亡，悲壮惨烈的一幕和《太阳》中的意境几乎一样："正是黄昏时分，无头英雄手指落日，手指日落和天空，眼含尘土和热血，扶着马头倒下。"性格纯真的海子，有一些被动，一些腼腆，还有安徽乡下人特有的忠厚。他没有选择主动凌厉的方式，譬如刀片、枪口、毒药、绳索，他只是低调地侧身一躺，仿佛铁轨就是筒子楼里简陋的单人床。海子是 1983 年夏天毕业分配到大学哲学教研室的，他拥有一张旧办公桌，显眼的地方写有白色文字和编码，藤椅破旧，腿用铁丝捆扎，用过不止一代人。

矮身量红脸膛的海子老师在三尺讲台上讲授哲学，辩证、唯物、存在、意识，他的心却在藏北的旷野飞翔。课堂上男生睡觉，女生偷偷抹口红，陈旧或者簇新的大楼外面，沙尘漫天，呼啸着北方悲伤的风。

我的意识里，不断回放这样的对话：

"难道你们不需要一个诗人？"海子困惑地问。

"我们只需要哲学老师。"一个声音坚定地回答。

我确信在 20 世纪 80 年代的中后期，这样的问答曾经不止一次地反复。

我喜欢他的短诗《日记》，那些深情又伤感的句子：

姐姐，今夜我在德令哈，夜色笼罩
　姐姐，今夜我只有戈壁
……
今夜我只有美丽的戈壁　空空
姐姐，今夜我不关心人类，我只想你

德令哈我去过，那里有诗人们苦苦寻觅的洪荒，亘古不变的洪荒。

一直猜想，诗中的姐姐是海子生活中的实际存在还是仅仅是个空泛的意象。我宁愿相信，20 世纪 80 年代的北方，在城市或者乡村某个隐秘的地方，有这样一位亲切的姐姐，她年龄不一定大，海子只是愿意叫她姐姐。她有属于北方的高大或南国的娇小，头发又多又亮。她温婉并且心疼地看着精神亢奋、神情憔悴的诗人，她或许已经结婚，她不明白漂泊的意义，不懂那些燃烧的诗句，但是她会抚弄他麦草般杂乱的长发、他零乱的胡须，把他揽在怀里，轻轻摇晃，让他暂时安静下来。

我现在读海子的生平介绍，读到 1979 年夏末，15 岁的安徽农村少年查海生穿着簇新胶鞋，携带村里木匠制作的木箱，到了北京大学，我就会心地笑，心中充满了对于那个年代温情的怀念。

只比海子晚一年，1980 年初秋的夜晚，16 岁的我斜挎父亲的旧帆布书包，也穿胶鞋，惶惑地走出北京火车站，进了同在海淀区的另一所大学。

那时的北京，汽车不多，街道显得空旷、宽敞，松树林很密，没有那么多逼仄的高楼大厦，那么多令人眼花缭乱的立体交叉。官墙和城楼还没有落魄，夕阳西下，琉璃瓦一片暖暖的黄，橘色的路灯照亮每个深夜，在城市中心地带可以远远望见玉泉山的塔，望见逶迤的天际线。

那是文学和诗歌如鱼得水的时代，是青春万岁的金色北京，是八十年代新一辈朝气蓬勃的日子，白色校徽是耀眼的身份证，学校广播站的大喇叭天天提醒：再过 20 年，我们来相会。

出版社疯狂出版 18、19 世纪欧洲诗人的作品，雪莱、拜伦、歌德、济慈，书市上人流如织。人们羞谈物欲，崇尚精神。校园里诗社云集，丁香和玉兰树下徘徊着真真假假的大小诗人，我们把自己打扮成普希金和《西风颂》中的样子，每个人都作激情澎湃或喃喃自语状，每个人都出口成章，每个人都相信自己将要不朽。我们很穷，但我们尽量省下饭钱，买诗和酒，那时候的大学，你要不写诗，简直就交不到女朋友。

诗刊叫《星光》，熬夜、争论、誊写、刻印，我们到食堂和图书馆门口去散发。那时候还不知道海子的名字。

记得同宿舍有个来自青海的藏族同学，平日内向、木讷，常常不声不响地躲在上铺，这时却一反常态，在《星光》上发表热烈大胆的爱情诗，让人大跌眼镜。后来，有人爆料，当时的他正在经历一场刻骨铭心的暗恋。很多年以后，有人告诉我，已经官至知县的青海同学，不幸死于青海湖畔一次意外的车祸。而那个他曾经眷恋的心上人，对当年的一切至今也毫不知情。

当年校园的青春爱情就是这样，深情、胆怯、激动又绝望，水深火热，却只能藏在许多少年维特的心里，藏在书包和笔记本中，在月色和满树的丁香花下，酿成诗，化作酒，饮了，要醉一生一世。

时过境迁，许多年少轻狂、许多风流都被雨打风吹去，我们不再写诗，不再以梦为马，成了凡夫俗子，成了千人一面的芸芸众生，成了物质忠实的情人。而海子在万人都要将火熄灭的时候，义无反顾地独将此火高高举起，成为那个时代的象征，成了纯真年代的形象代言人。当那个时代接近尾声，敏感的海子选择以决绝的方式离去，忠厚的他不想给朋友们带来麻烦，他口袋里的纸条上明明白白写着：我的死，与任何人无关。

我想到民国时借钱投昆明湖的王国维，有人说，他是在殉文化。

我想起医生给音乐家舒曼写下的诊断：R.舒曼，上天的名誉成员。

而1989年春天的海子，只能是诗歌圣殿里殉道的义士。

生如春花之灿烂，死如秋叶之静美，不能结束梦想，不如结束生命，这就是海子的固执，海子的绝对，海子的非此即彼，总之，没有妥协，不留余地。

有时候觉得，天才的海子真的是聪明灵秀，他参悟出了"我必将失败，但诗歌本身以太阳必将胜利"的真谛。他不带一片云彩地走了，避开许多可能的麻烦和世俗的风险，不必作协，不必文联，不会在云谲波诡的政治和暗流汹涌的经济中进退失措。他用整个生命作为诗歌祭坛的牺牲，彗星短促，朝阳灿烂，他把自己变成一朵永远的云——《巴黎的忧郁》中波德莱尔描绘的云，在他深深眷恋的故乡天空久久萦绕，在姐姐梦中英雄末路地轻轻叹息，化为爱他的人眼角的泪和古老祖国黄昏的雨，他以梦为马，像古代的游侠，夕阳中一骑如飞，孤独又壮烈，用特殊的忠诚兑现了开花落英于神圣祖国的许诺。他也给我们留下这样的预言：千年后我再生于祖国的河岸，千年后我再次拥有中国的稻田和周天子的雪山，天马踢踏，我选择永恒的事业。

千年过去，如若我们真有机会重返人间，在德令哈，在额济纳，在周天子的雪山下，一定会再次见到诗人海子。他长发飘飘，目光炯炯，在祖国的土地上，流泪、歌吟，千年如一，笑靥如花。

如今我细细端详海子的照片，络腮胡须，灿烂笑容，镜片后面忧郁的眼神，就在心中叹息：这是个和自己，和诗歌，和时代，和幸福，和生命较真的人啊！这样的人已成遥远的绝响，唯有他温情的理想主义，从明天开始做一个幸福的人的美好期许，愿你有一个灿烂的前程，愿你有情人终成眷属，愿你在尘世获得幸福的亲切祝福，还在顽强地提醒我们：有一种可能，叫幸福；有一种品质，叫单纯；有一种文字，叫诗。

我不敢妄断海子25岁的生命幸福与否，因为就连幸福的标准有时也难以统一。但我相信，写出那么多芬芳诗篇的他一定无数次在缪斯女神的奥林匹斯山上登临幸福的巅峰，神交过众多希腊罗马中国外国的先哲至圣。他飘然欲仙，一览众山，却又高处不胜寒。那份诗意的孤寂正如诗人朗费罗的诗句：在登山的途中，我回头观望，望见了往昔，声音和景象，飘烟的屋顶，柔和的晚钟，闪烁的灯光，头顶上，预示死亡的雷声在隐隐震响。

　　从高峰体验的喜悦中回到陋室，环顾四周，长夜孤寂，一灯如豆，藏香焚烧到尽头，心爱的人儿已经远走。火车由远而近，铁轨颤抖，空气凝固，世界在那一刻捂住眼睛，隐隐有亲人安徽口音的哭喊，母亲慈祥，姐姐温柔。没有明天，做不成幸福的人了，最后一句温情的诗被钢铁拦腰截断，山海关，临海的山海关，来不及春暖花开的山海关，只有殷红的血，枯黄的草，凄厉的风。

　　那一天是 1989 年 3 月 26 日，海子 25 岁生日。

那些工友

◎ 曾　颖

　　我笔下许多农民工的形象，多多少少有一些那时的同事们的影子。

　　我的第一份工作是在建筑工地当电工，虽然此前我还做过卷烟和打塑料编织袋之类的活儿，但那都是从母亲手上二级承包下来的，虽然也有一些零散的收入，但算不上真正意义上的工作。

　　在我心目中，真正的工作应该是有单位、有领导、有人考勤和发劳保用品，每天准时上班每月准时发工资的。这样的工作，在 1988 年与我不期而遇。

　　这一年，我 19 岁，在重庆读书，暑期回老家什邡休假，恰逢舅舅所在的建筑公司下属的一处工地发生了非专业电工私接电线被烧死的惨剧。公司亡羊补牢，加强安全防范措施，大量制作触电保护装置，并在各工地配置专职电工。我学的是电气专业，虽然还没毕业，但比起大多数建筑工人还是略懂电气安全常识的。我也因此成为建筑公司的新电工，日薪 2.5 元，这在当时算中等水平，相当于十多斤大米，比起此前我那精确到小数点后两位的散工收入来说，简直可以算得上幸福了。那时候，我父亲的月工资也不过就是一百多元而已。

于是，我在工地上开始了自己的打工生涯，也由此打开了我看世界的一扇小窗。我的思维方式和观察社会的视角，大致与这段经历有关。我笔下许多农民工的形象，多多少少有一些那时的同事们的影子。

电这个东西，因为看不见摸不着又能杀人于无形而充满神秘。工地上的工人们大多没有接受过相关培训，加之此前曾目睹过同事被烧死，因而对各种电线、开关、保险丝之类充满了敬畏，进而将这种敬畏延伸到能侍弄这些家什的人的身上，哪怕是我这个面孔稚嫩身形瘦弱且一眼看来就不属于工地的人。这种敬畏，有时是尊重，有时是疏远，有时是讨好，有时则是耿耿于怀。我的工资与他们相当，但日晒和劳累程度却相差甚远，他们难免会有不平衡感。有的老工人甚至据此定好了儿子的前程——让他学当电工。

在短短两个月的时间里，我和这些尊敬我或讨厌我、羡慕我或嫉妒我的人一起工作生活，每天同吃只有一份炒苦瓜的大锅饭，每晚睡在蚊子如轰炸机一般飞来飞去的工棚里，听包工头的各种命令和斥骂，看着高楼一点一点从我们手中拔地而起……

　　22 年一晃而过。如今，那家建筑公司早已解体，一些包工头自立公司，已成了千万富翁。许多和我一起在工棚里被蚊子咬的老工人已经不在人世了。我至今仍然记得他们喝着有刺鼻气味的劣质酒，抽着卷烟在黑黑的床铺上发出的各种生活感悟。他们用石灰水治胃痛，用壁虎酒治感冒和一切人间伤痛，用只有他们才懂的直爽的黄色笑话表达着他们对生活不多的期盼与向往。他们对遥远往事的怀念和对未来很小很小的期待和向往，至今想来都令人动容。以至于多年之后，我拿起笔时，他们的形象和声音甚至气味就会不请自来……

　　这就是我的第一份工作，两个月时间，挣来了 120 元钱和一身黝黑的皮肤。这钱成为一笔巨款，保证我在后来的一学期里，请心仪的女同学看了无数场电影吃了无数顿夜宵，甚至还听了一场当时如日中天的太平洋轻音乐团的演奏会……

惊鸿一瞥的交会中，

我认定这首我没听清一句歌词的歌曲里

涵盖了我那些年的许多故事和心情。

追寻一缕时光 /

旧歌曲

◎ 范晓波

那些曾经流行后又被时间湮没的歌曲，叫它们旧歌曲或许比叫老歌更准确。绝大多数旧歌曲，和青春期一起成为一次性消费。但个别的几首，却在身体里长久地潜伏下来。

《燃烧，攻击》（《排球女将》主题歌）

"痛苦和悲伤，就像球一样，向我袭来，向我袭来……但是现在，但是现在，青春投进了激烈的球场……"

小鹿纯子可能是我的第一个偶像，初一时，我在一个邻居家里认识了她。她用日本口型说着标准的中国话，一大半时间活在排球场上，或者更准确点说，是活在半空中。她总是在《燃烧，攻击》的节奏中做着体操运动员都不可能做到的空翻和扣杀动作，并给这种打法取了个很劲爆的名字——晴空霹雳。她除了不断制造晴空霹雳，就是在训练场的地面上翻滚着接球，或在海边迎风长跑，眼泪被紧咬下唇的牙齿阻拦在眼眶里。

1983 年左右，中国有多少孩子能看到电视，就有多少人在学唱《燃烧，攻击》。那个年代，我们能听到的歌曲都是拖音很厉害的 4/4 拍或 2/4 拍的抒情歌曲。《燃烧，攻击》疯跑式的节奏和新潮的电声配器让我们的血液嘭地燃烧起来。我挤在一伙看电视的孩子当中，脸被邻居家的电视映出道道激越的蓝光。

我对《燃烧，攻击》的着迷有一半是因为纯子。鹅蛋脸、披肩发，这些都符合我当时对完美女性的想象，更何况她还是一朵铿锵玫瑰，除了美丽，还有坚强；除了坚强，还有温柔。

小鹿纯子引导着我前进。从初一到初三，我的成绩直线上升。我对读书从来没有兴趣，对体育锻炼也是如此。但是我忽然找到了逼迫自己的动力。有段时间，我像周扒皮一样剥削自己的潜能，常常早晨四点半爬起来跑步。在黑暗中，累得腿发软也不停，因为《燃烧，攻击》的旋律就在脑袋里循环播放，还有纯子不断在地上翻滚接球的镜头。

初三最后几个月，我每晚看书到 12 点以后。结果初中毕业时，我免试升入县重点高中。

忘了是 2004 年还是 2005 年，小鹿纯子的扮演者荒木由美子到中央台的《艺术人生》做节目。我吃惊地知道了排球女将身高只有 1.6 米左右。二十多年的时间改变了许多事情：她的容颜，我的身高、性格和审视她的视角。

这样一个女子，如果现在出现在我们城市的街头，我不一定会多看她几眼。但是当《燃烧，攻击》的旋律突然响起，血管里的东西又开始沸腾了。

与许多年前不同的是，现在的燃烧，主要是怀旧，而不是青春。

《春光美》

"我们在回忆，说着那冬天，在冬天的山顶，露出春的生机。我们的故事，说着那春天，在春天的好时光，留在我们心里。我们慢慢说着过去，微风吹走冬的寒意，我们眼里的春天，有一种深情……"

到了初三，我才知道中学生的四季里是没有春天的。一个中学生的春天是从他高考结束的那个夏天开始的。

1984 年到 1986 年上半年，我家住在鄱阳一中的老宿舍里。两个套间用木板隔成四块小空间，一间做客厅和父母的卧室，另一间做我和弟妹的房间。我那时的生活，可以这样来概括：在家门口的田径场晨跑，上课，在家做习题，偶尔去校园里的荷塘和校园后面农民的菜地边走走。除此之外，这个世界的一切，都与我无关。

对我住过的那间房里的格局，印象已模糊。记得清的有两个细节：一是老鼠夜夜在灰旧的天花板上举行运动会；二是对着校外的窗户，有时会伸进窃贼的竹竿或颤抖的手。最深刻的记忆，是寒夜的苦读。一个又一个漫长的冬天的夜晚，被台灯嘶嘶的声响连缀起来，我坐在自己的影子里，看书，或假装看书。

到了初三基本不能看电视了。就是春节，也不能太随性地看。1986 年春节，没到零点我就回房间睡觉了，躺在被窝里听新年钟声在电视里敲响。

没有原因，我忽然变成了一个感时伤怀的多情少年。那个年纪，时间的流逝已经能让我心绪难平了。我盼着过年又怕过年，盼着烟花盛开又害怕它凋落后的落寞。新年的钟声一下一下敲打着我的胸口，像裹着红布的锤子，也像寒光闪闪的锥子。我在被窝里呼吸困难，意识模糊。这时有缥缈柔曼的歌声传来："我们在回忆，说着那冬天，在冬天的山顶，露出春的生机。我们的故事，说着那春天……"歌曲的旋律、歌词的意韵、歌者的嗓音本身就有梦幻感，加上睡意的柔光处理，我听到的似乎是另一个世界的声音。

"一片一片甜蜜回忆，春天带来真诚友谊……"我的呼吸越来越急促，眼眶热得发烫，想起许多过去和将来的事。我使劲闭着眼睛，想假装感动得不那么严重，想尽快入睡。但是不行，最后一刻还是没控制住，热泪从眼角漫向了耳郭。

第二天看春节晚会的重播，知道了歌名是《春光美》，歌者张德兰的笑容也像歌声一样有朦胧的美。我从此爱上了这首歌，直到现在，我的 MP3 里还存着那年冬天的春光。我觉得它是中国原创歌曲的经典之作，不过和一些比我稍小些的人说起时，他们只是淡淡地敷衍：好像听过，好像是支很早的歌嘛。

此后的许多年，我也陆续喜欢过其他一些流行音乐，但没有哪支歌，能让我在被窝里用泪水浇灌耳朵。

《忘记他》

"忘记他，等于忘掉了一切，等于将方和向抛掉，遗失了自己。忘记他，等于忘掉了欢喜，等于将心灵也锁住，同苦痛一起……"

我 20 岁以后的生活，混乱、唯美，倾心于昙花一现的悲情之美和遗世独立的活命姿态。那些年，我平均两年换一个城市，一年换一个工作，半年换一个女朋友。日子恍惚得像王家卫的电影慢镜头。

我过得其实不算坏，却鄙夷着有幸福感的人。我认为快乐的人是可耻的，而伤心的人才是我的朋友。我的朋友一年比一年少，到了二十五六岁，我只有坐在镜子前，才能看见让自己顺眼的男人。

有一段日子，我把夜晚全部耗在电影院里，那些虚假的作为现实补充的故事，在我心里成为最主要的现实。我躲在自己的孤独里，对抗着街头浩浩荡荡的阳光。

大概就是在那时的某个夜晚，我在电影院里听到这首歌。一个被头发遮住表情的歌女，在酒吧的喧嚣里唱《忘记他》。她唱的是我听不懂的粤语或者闽南话，所以我以为她唱的是"梦见他"。她颓丧的气质和嗓音镇住了电影里所有的人，大家都转过身来，被她的歌声收走了声音。电影之外的黑暗里，几对嗑瓜子的情侣停止了嘴唇的翕动。我愣在那里，脸和冰一样凉。

演唱一闪而过，我只听懂（其实也是误读）了一句"梦见他"，却觉得完全听懂了全部歌词，并且过耳不忘地记下了它的主旋律。

后来，不曾在任何地方听过这首歌。但惊鸿一瞥的交会中，我认定这首我没听清一句歌词的歌曲里涵盖了我那些年的许多故事和心情。和一首歌有如此情缘，对我是唯一的一次。

许多年里，我一直在寻找它的出处和歌词，像寻找一个失散多年的朋友。我哼着似是而非的曲调，到处询问。直到1998年，一个酷爱流行音乐的女同事告诉我，歌名可能是《忘记他》，而具体的歌词她也是语焉不详。

2003年冬天，和几个远道而来的编辑一起唱歌。一个20世纪80年代出生、扎马尾辫的高个子男青年忽然模仿女声清晰地唱出了这样的句子：忘记他，等于忘掉了一切，等于将方和向抛掉……这是我第一次听人完整地唱出这首歌，也是第一次借助字幕看明白了我琢磨了许多年的歌词。词其实也普通，不过，即使没有歌词，在那样的年纪，它也可以用回环流转的忧伤旋律一下把我击倒。

他唱这首歌不如唱其他歌那么拿手，但我想，以他的年龄，能够完整地唱出这首旧歌曲，他就可以做我的兄弟。

1980 年，我的大学

◎ 格桑亚西

题记：谨以此文，献给所有曾经和将要进入大学的朋友。

28 年前的整个 8 月，我是在一种忐忑不安的心绪中度过的。

高考已毕，尘埃落定，志愿也稀里糊涂地填过了。听大哥说学经济好，吃香，就狂选有"经济"二字的院系专业，重点非重点，一口气整了 14 个。远到北京，近至成都，工业经济、农业经济、商业经济、政治经济，一水的经济，满纸的经济，梦话都在吼经济。

其实当年的我，对经济的内涵完全懵懂无知。生在偏远的县城，又逢物质匮乏的计划经济年代，孤陋寡闻，印象中和经济相关的是一种劣质香烟，就叫经济烟，九分钱一包。

高考和志愿决定命运，老师说事关今生穿皮鞋还是草鞋，不得已写了那么多的经济，眼前生动的，倒只有名号经济的烟卷，心里悄悄向往的，还是朝阳桥、牡丹，而中华，太高不可攀了，索性不去想。

该做的都做了，余下就是两个字：等待。

8月的故乡，和过去一样，中午燥热，早晚凉爽，东灵山多雾，大渡河汹涌。终于可以不做假期作业，不写作文，不解方程。处于暂停状态的我，第一次有了边缘人的轻松，也有了边缘人的闲愁。

徜徉在熟稔的山水田间，心中淡淡的，就有了些惜别的情愫。朦胧又有些清晰地知道，中学时代怕是无可挽留地要永远结束了，在家里的日子也是不会太长了，年龄不大，竟少年老成地生出些明年今日我在何方的迷茫，还有惆怅，当然更多的，还是对未来生活的新奇、向往，当然也有万一落榜的恐慌。

然后，8月末的一个下午，完全没有预兆的，一个牛皮纸信封平静地送到了我的手中。录取我的学校在北方，很远，报到的时间很近，三天以后就得上路。

赶到小县城仅有的裁缝铺做衣服，我们的匆忙把老裁缝也弄得紧张起来。草绿色涤卡上装、米黄的确良长裤、老羊皮大衣，铺盖，枕头，粮食关系，副食关系，全国粮票，户口，车票……忙忙乱乱的三天，一个个机关单位奔走，谈不上欢快，也没时间烦躁，我只是有些麻木地跟着大人们，机械地办理各种手续。

最后一个晚上，我是在闹钟的嘀嗒声中，辗转到黎明的。

母亲没有送我多远，她只是站在从小伴我长大的老枇杷树下，一遍遍地叮嘱着渐行渐远的我。走出好远，在黎明微弱的光线里，已经看不见母亲的身影，但还能听到她的声音。

我一遍遍地应着，有些哽咽。

从我家到县城的车站有很长一段依山傍水的路，父亲陪着我，父子俩沉默地走着。

车轮转动，1980 年的故乡沉默地留在我身后，我只来得及对着车窗外的父亲挥了挥手。从此关于我少年时代的所有记忆，那些山水树木，夜半雨后孤单的萤火虫，直立河中央的巨大礁石，冻红的双手，那些和一个贫寒的少年人有关的所有故事，都被我的故乡永久地悄悄收藏着了。

就这样由汽车而火车，黑白颠倒地摇晃了几天几夜。

斜挎一个黄色的帆布书包，穿一双簇新扎眼的草绿色胶鞋，小小的我有些神情恍惚地随着人流走出车站。

我的入学通知书上，除了录取的院系和专业的名称，还有到北京的乘车路线，其中的一句话让我一直很迷糊：到北京火车站后，转乘 103 路快车和 332 路慢车到魏公村站下车。我就琢磨，这大学可够远的，坐几天火车到了北京，还得换两次火车，并且学校大约是在一个村子里。

生长在偏僻小县城的我全然不知大城市的公交汽车也是要分快慢车的，至于魏公村，也不是一个村子，而是个挺大的镇。

好在走出北京站大门，我一眼就认准了夜色中一面红色大旗，上面是龙飞凤舞的金色的大字，书写着亲切的校名。旗下有笑意盈盈的脸，后面停着漂亮的校车。我努力摆脱迷幻的感觉，跟跄着走上前去，这一来，103 和 332 都不必担心了。

校车飞快驶过宽宽的长安街，驶过天安门，我清楚地记得长安街和天安门在路灯的照射下，呈现出一种暖暖的橘黄色，行人和车辆都不多，整个气氛是静谧的。

我在学校里安顿下来了，但也渐渐感到一种陌生和孤独。天南海北来的同学，操着蹩脚的普通话，和中学里最不一样的是再没谁管你，全靠自理。水土不服，鼻孔流血，饮食也不习惯，除了馒头还是馒头，一个月才8斤大米。数学老师在课堂上用一连串清脆卷舌的北京话大讲微积分，而在高中我是学文科的，每天在教室里坐飞机的感觉真让人沮丧。我甚至想要能转学回四川就好了，离家近，中学同学多，还有白米饭和回锅肉。

就因为想家和孤独，女生宿舍里上演过一个人哭了，其他人劝，结果连锁反应，一个房间接一个房间，而后一层楼、一幢楼，哭成一团的故事。还好，我总算没有哭，但也仅仅是强忍着，若有个风吹草动，肯定就翻江倒海，泪如雨下了。

这种境况的改变是在10月的一个中午。

那天下课回来，情绪低落的我收到了好几封来信，有两封是中学女同学的，其中一位在信中写道："听说香山的红叶很美，能否寄回几片……"

正是这几封来信使我猛然醒悟：我这是在上大学呢！胸前白色的校徽和大街上那些羡慕的目光都在提醒我，大学生的自豪感一下子充满了我16岁的心。接下来，我走出了初入大学的迷茫，真正融入我的大学。

后来，在回家的日子里，我去了那个女同学的家。

我很惊异，昔日黄毛丫头如今已亭亭玉立，我们的相处是拘谨的，谈了些什么全忘了。只记得告辞出来后，同去的朋友说："你注意到了吗，她的床头上大大地写着几个数字，100081。"

那是我学校的邮政编码。

斗转星移，人生若梦，二十多年的岁月就这样不露声色地流逝了，我的儿子也到了该读大学的年龄。

父母都不在了，当年那个和我一起彻夜不眠的闹钟已经老得不能再走动，但我至今仍然保留着。总感觉它是个有灵性的物件，尤其它曾精确地记录了我离开故乡的时间，也诚实地见证了我16岁以前所有的日子里，那些过早的辛酸和单纯的快乐。

我总在猜想，倘若有朝一日，我修好它，就在它的时针分针重新沙沙走动起来的时候，是否会电闪雷鸣，大雨滂沱，或者万籁俱寂，月白风清，那该是昔日重来的序曲啊！那些逝去的亲朋，那些凋萎的花朵，那些枯死的树木，还有专属于1980年的所有浪花和云朵，它们必定在那一刻重新振作并鲜活起来，与我叙旧、握手，同我流泪、唱歌，而我最终必定会被一声声熟悉又亲切的召唤所吸引，我会形单影只地循着声音，走向那幽暗又温暖的远处，那是我1980年的母亲啊！她站在故乡的那棵树下，正在送别她最小的儿子离家，初秋黎明的寒气里，她有着模糊而苍老的面容。

也许这份对故乡"嫌弃"的背后

是一种深爱、一种心疼。

我会这么计较它的好与坏，是因为我在乎。

追寻一缕时光 /

如果故乡没有蓝天白云

◎ 韩筱莉

在我的脑海里，"故乡"一直是很有画面感的词：湛蓝的天空，悠然飘荡的云朵，潺潺的流水，清新的空气，麦子玉米的幸福香味，还有鸡犬之声相闻的一片美好，妈妈的喷香大肉包，外婆的拿手下饭菜，爸爸的竹编小玩具，爷爷的花白长胡须……

但我的故乡没有这些。

当很多人问我为什么不会说任何一种方言的时候，我都会有点遗憾。因为我从小生活在一个国有企业，这里的人来自不同的地方，大家都讲普通话。

在这里，你可以一辈子都不离开。有医院供你出生，有幼儿园、小学、中学、技校，然后工厂可以"收留"你，你可以跟你的父母成为同事，再跟你的孩子成为同事。

放眼望去全是工厂和生活区，城市离我们有几十公里，乡下也是别人的乡下。我们自成一座小城，自给自足，自娱自乐。

我们办自己的报纸和电视台，做自己的晚会，开自己的新年游园会；吸生产排放的臭气，从早到晚听着生产线的轰鸣；我们也在这儿找到伴侣，成立家庭，奋斗出自己的事业……

在 20 世纪 80 年代初，这里是很吃香的地方，进了这里等于进了天堂。爸妈都是专科毕业直接分配来的，月底报到，到下个月初就可以先拿两个月的工资。一来就分配两三人一间的单身宿舍，结婚了就可以分到单独的一间。随着工龄的增长，房子可以分得越来越宽敞。

在这里，配套设施很好，生活品质一度也很高。高中时我去市里读一中，经常邀请同学来家里玩，因为当时这里有保龄球馆、溜冰场，厂里固定每月发几张票，我到处凑点，请大家玩基本不掏钱。

我爸妈那一代都赶上了企业上市的好时候，每个人手上都有原始股票，每股一两块购入，到了股票交易时，最高可达二十几块，稍微会炒一点的，都能攒一笔钱。

所以，我和我的同学在大学毕业的年纪，只要父母是双职工并家庭和谐的，一般都能在落脚的城市买上一套房，条件再好一点的，说不定还能有一辆车。

然后，我们慢慢长大，父母渐渐老去，中国的经济形势发生了很大变化，曾经耀武扬威的大老虎，逐渐被残酷的现实折腾得犹如一只病猫。

作为一个造纸厂，我们曾经选择了市场上很紧俏的浆板纸、牛皮纸、纸袋纸等业务。前几年，工厂效益开始有下滑迹象，厂里走改革创新的路子，瞄准了一种可以代替棉花的纸样。于是，厂里花了好几个亿迅速投入添置生产线。可是，等生产出成品时，全国棉花大丰收，原本近两万元一吨的产品直跌到七八千元一吨。从此，工厂元气大伤。超负荷的员工、经营管理不善、内部机制不顺畅……当我们试着为业绩下滑找寻理由时，是多么无奈和伤感。

厂里发出通知，三年之内不再招人，需要人的岗位内部调整。原来很多人到了退休的年龄还浑身是劲，要求厂里返聘；现在，只要到了内退的年龄就都不想再干了，到外面找个更吃香的工作。

曾经热闹的地方现在变得冷清，不以必需品为商品的店铺生意几乎都不太好，娱乐休闲场所几乎减半。原本福利待遇不错的医院、学校都划拨出去，不再作为职工独享的配套设施。曾经吸引周边村民蜂拥而来的医院，也因为好医生接连跳槽而变得冷冷清清。我是这里的医院新盖起来后的第一个新生儿，可是等我要生孩子的时候，妇产科已经取消。曾经要走点关系才能进来的对口培养的技校，现在生源难觅，基本停办。

大学毕业生只把这里当作跳板，然后分批离开，带走了残留的青春朝气。退休了的员工也觉得厂里生活单调，回到了原本的家乡或投奔子女。还差几年退休的老职工，每每回首往事都有许多慨叹。爸爸就常常指着一栋房子的某一间说："原本我们常在这家打牌的,他家老伴过世后,他也离开了。"又指着另一栋说:"那时候他们都住这里,来一次能串好几家门,可热闹了,可是现在,他们都退休或跳槽走了。"

或许是娘家更适合养胎、坐月子的理由让我在阔别了十多年后回到了这里,我终于能有较长时间重新体会曾经熟悉的地方,细数一下多年的变化。

这里实在有些无聊。从小到大的伙伴很多已不在这里,而在厂里上班的同学已经"道不同不相为谋"。在这里,除非订阅,不然你买不到一本时政新闻类的杂志,除了《读者》《青年文摘》就是《知音》。

报刊亭的主人已经从追求一份事业的年轻女孩变成了对生活无所求、只要还有点事干别太闲就行的大妈。曾经的电影院因为房子老旧也拆了,改成了停车场,孩子们六一办晚会也只能在露天拉一块大喷绘布当背景,再搭个台,草草上演。

单身小区的阅览室里常常空无一人,《南方周末》最新一期是 2011 年 9 月的。曾经大力提倡的成人高考、技术资格考试,一度让爸爸和我一起在灯下读书到半夜,然而现在,考了也加不了多少工资,没有奔头,让新一代的员工有理由放弃。

这些都让我觉得这里的精神生活变得很贫瘠,我有些惆怅,却又无能为力。

我开始想念如今落户的城市长沙,想念那里的繁华,成片的商场、各类的美食、热闹的街市……应有尽有。可是，没有把宝宝生下来，没有坐完月子，我不能离开这里。

我在这里度过童年、少年，人生最初十几年的时光都交付于此。而如今，短短的几个月我也待不下去。

有一天，我看到这样一句话："不要抱怨你的父母能给你什么，因为，也许这是他们能给予你的全部了。"对于家乡何尝不是这样。当我们看到外面的花花世界，我们就像嫌弃年迈的父辈一样，嫌弃自己的家乡。尽管它不如外面繁华热闹，但这里宁静质朴的一切，是家乡能给你的所有了。

回头想想，在这里，爸爸可以自由选择车位，在绿植围绕的停车场上爱停多久就停多久，免费呢。几百米长的一段宽阔缓坡被称作"星光大道"，成为大家散步的好场所，还能看到许多熟识的面孔，停下来打打招呼、唠唠嗑，很亲切。那座十几年前修建的公园新来了许多安家的松鼠，湖上的娱乐项目虽然取消了，但增添了许多宁静，在亭台楼阁间穿梭，看那郁郁葱葱的树木，听那连绵的虫吟蛙鸣，许多人的傍晚锻炼都在这里展开。乒乓球场、网球场、篮球场之类，只要你想打，随时都可以上场，不用担心人满为患。偌大的菜市场里，周边的农民早早地拿来新鲜的蔬菜吆喝着，争相便宜地卖给你，刚杀的猪也齐齐摆开上阵，让你好好挑。

这里并没有放弃那些曾经为它付出最好年华的职工们，说好的涨薪计划依然会执行，防暑清凉补贴会照发，每年都有的党支部活动会坚持办，让党员们去"红色圣地"旅旅游、散散心，偶尔的聚餐还是会进行，给大家的生活添一抹亮色。尽管新进员工工资低，但是厂里尽量帮他们减少开销，食堂、宿舍的提供，至少让他们活得心里有底、不慌。

今年夏天，厂里还发了一箱菊花茶，爸爸很开心，尽管后来他在超市里面看到标价，知道一箱才不到 20 块，但这份心意也足以让他觉得温暖。

而生活的乐趣也是自己找的。我和爸爸变换每餐的菜式，说说新闻，聊聊往事，傍晚散步，夜里追剧，逛超市，上市场，周末开车进山玩玩，进城走走，这些都让我在这里的生活多了几分闲适。

突然间，我想明白了，也许这份对故乡"嫌弃"的背后是一种深爱、一种心疼。我会这么计较它的好与坏，是因为我在乎，我不想曾经骄傲的故乡有一天不复存在了。如果某天有个商业巨头出手把股票都买走，把我们的厂收购了，改成其他的项目，那么，我的故乡就真的消失了啊！

我害怕，所以我"恨铁不成钢"，我希望它好，希望它重新生龙活虎。故乡永远不会忘记我们，那么，我们也会永远守着这片土地，守着父辈的青春，守着我们的成长，守着永恒而深刻的眷恋。

抬头看看，我的故乡也有蓝天白云！

"粉红"信使

◎ 冯远征

　　我一向尊重邮递员这个神圣的职业，他们像一只只辛勤的信鸽，将一颗心的期待、祝愿、牵挂与叮咛传送到另一个人的心中。我曾做过信使，不过不是绿色的信使，而是"粉红"的那种。

　　那是 1968 年，我做"老插"时发生的故事。当时我们知青点共有 13 人，其中七男六女。也许是感到毛主席的一句"知识青年到农村去，接受贫下中农的再教育"的伟大口号，会使我们这一代人一辈子在农村插定了。于是，比我年龄大的六男六女纷纷结成了恋爱的对子，我自然被挤出了爱的圈子。那时还不开化，少男少女们常常需要第三人来传信送物，从此，15 岁的我幸运地做了"粉红"信使。

　　丁红军与刘晓燕的初恋似乎更具有那个时代的特点，丁红军曾不无自豪地讲："我和小燕是革命加同志的关系，我们追求精神的品位与高洁。"

他们之间传递的信件从来不外加信封，很像今天的明信片，上面总是抄录一段毛主席语录。一次丁红军把抄录着"世上没有无缘无故的爱，也没有无缘无故的恨"的信交给我，我一路小跑去送，谁知刘晓燕看到信后竟哭了，她一个劲地自言自语"什么是无缘无故，什么是无缘无故……"我回去向丁红军"汇报"了详情，丁红军当即又抄录了一条毛主席语录要我立即送去，信中写道："前途是光明的，道路是曲折的。"这回刘晓燕显得很坚强，这个爱哭的小大姐把眼睛瞪得极圆，以命令的口气说道："小冯，你回去吧，明天我来教训他！"第二天，刘晓燕把一封信递给我转送，只见上面写着："下定决心，不怕牺牲，排除万难，去争取胜利——书赠丁红军同学。"我暗笑，这算什么教训，可丁红军接到这封信时吓坏了，当晚约定刘晓燕见面，这回信上没有了毛主席语录，只写了 7 个字：今晚村东小桥见。

李铁与从珊之间的爱情似乎更讲究实际一些。记得第一次我为李铁传送的信函竟是一个牛皮信封中装着的一方花手绢，从珊较李铁小一岁，但给我的印象较李铁要成熟许多，也许是她整日捧读文学名著，不懈地吸取养分的结果吧！她接过手绢微微笑了笑，我看出她有些脸红，她只道了声"替我谢谢他"，便收下了。李铁是个急性子，谈恋爱的节奏也比较快，十天后他又发起了"第二轮"进攻。他又将当采购员的爸爸特意从青岛买来的一双女士的翻毛皮鞋递给我，"是送给从大姐的吧？"我明知故问。他刮了一下我的鼻子笑着说："你真是个小机灵鬼。"可这回从珊拒绝接受，说什么也不肯收下，也许她认为礼物太重了吧。我拿着皮鞋回来后，谁知李铁一脸恼怒，啪地给了我一个嘴巴，这回是指着我的鼻子在说："你连这点小事也做不了，还能做什么！"这回轮到我哭了。记得好长时间我没有理睬李铁，直到有一天，他也送了我一双同样的翻毛皮鞋，不过是男式的。

记得一位文学评论家在研读大量中外爱情文学作品后说道："女性在爱的历程中总是过多地压抑着自己的情感，以委屈的心理被动着爱。"我们知青点上当时唯有一对是女性主动进攻的。女同学叫杜英，男同学叫于振白，他俩同为铁路工人的后代，但振白的爷爷是个地主，据说土改前一年，他爷爷的大哥去世了，将30亩盐碱地的遗产交给了弟弟，一年后他爷爷便被划为了地主。杜英是个敢爱敢恨的女子，她在女同学中是长得最漂亮的一个，每每想到她，我便想起了怒沉百宝箱的杜十娘。一天，杜英拿着一封信交给我，要我悄悄转送给振白，还一再叮咛："别让其他同学知道。"我第一次感到了做"地下工作"的艰辛。振白接到那封信后，当晚没有回知青点去住，说是队里下了一窝小猪仔，队长安排他守夜。第二天，只见他两眼红红的，不知是为了看小猪仔一夜未眠，还是哭红了双眼。有了第一封信，便有了第二封、第三封、第四封……他俩的书信传递大都是以隐蔽方式进行的，当然邮差非我莫属。因为我深知爱一个地主子弟或被一个地主子弟所爱在那个年代意味着什么！

时光荏苒，李铁与从珊、于振白与杜英都早已在同一"围城"里幸福地过着小康生活，唯有丁红军与刘晓燕却未能比翼齐飞，原因极简单——双方家长不同意。即将步入50岁的我，总为未能成为丁红军与刘晓燕的"红娘"而感到遗憾，这又能怪谁呢？当年的丁红军未能"走过曲折，迎来光明"，当年的刘晓燕也未能"排除万难"。这是不能责怪他们和他们那一代人的。

去年国庆节我回老家看望母亲，母亲对我说："丁红军是个痴情的孩子，这么多年了，他对晓燕的感情还在。"说实在的我不愿意让他们早已趋于平静的心湖中再荡起涟漪，因为他们也早已分别做了父亲与母亲，有了属于自己的小家。但我依然有个心愿，希望他们在三十多年后再"约会"一次，说说埋藏已久的心里话。这回，我又做了一回"粉红"信使。

那天我请来了李铁、振白、从珊、杜英等当年的"老插"一道做客。我执意让刘晓燕与丁红军坐在一起，刘晓燕不肯，也许时光对容颜与心灵的摧残使他们已有了些许的陌生。我们共同举杯祝愿大家快乐与幸福，从不喝酒的刘晓燕将满满一小杯酒一口喝了下去，可极爱痛饮的丁红军却一滴酒也未吞下。我想，他大概是怕醉吧！

舞曲响起，我一手拉起丁红军，一手又拉起了刘晓燕让他们共舞。严格意义上讲，他们的交际舞跳得是不标准的，但他们跳出的舞步却又是那般的和谐。难怪，他们的青春岁月是在同一个偏僻乡村中度过，又向着不同的方向走去。那天临别，丁红军双手紧紧地握着我的手说："谢谢你，远征小弟，是你给了我三十多年来最愉快的一天。"

望着这些当年曾被特殊年代压抑过青春心跳的男女，我悠然想起了很多年前曾看过的一部外国电影。在老旧斑驳的印度火车上，一位老者问一名年轻人："你有没有闻到什么味道？"

"有，"年轻人说，"是火车喷出来的呛人的浓烟。"

"我也闻到了，是山那边茉莉花散发的幽香。"老人说。

此时此刻，我不怀疑年轻人的真诚，但我坚信那位老人家的话是对的……

那年月，

每家每户都添置了这么一套设备，

所以一到周末的晚上，整个小区吵得像修罗场。

追寻一缕时光 /

那套家庭卡拉 OK

◎ 囧之女神 daisy

前段时间一个朋友回老家时，发现一向非常节俭的爷爷在房间里装了台新空调。他很奇怪，就问他叔："这空调，爷爷用得多吗？"他叔说："其实不用。""不用为啥要买？"他叔说："你爷爷觉得，每个家庭都应该有一台空调，用不用倒还在其次。"

家家都该有一台空调，这个概念不知是谁普及给这位爷爷的。但不管来自哪个渠道，"家家都该有个XX"绝对比"XX很好""XX很划算"管用多了——这已经超出了普通的消费观念，上升到民生、社会平均发展水平、自我认同等更高的层次。这种宣传给你描绘了一个很美好的景象，同时又隐隐地给你一种逼迫感：人人都有！你怎么可以没有？这个东西，用朋友竹林桑的话说，"代表了一种先进的生活方式和对富裕的追求"。你连社会平均标准都达不到了吗？那还混什么啊，赶快去买一个，才能成为这个美好社会的一员。

一

现在想来，20 世纪 90 年代大概是这种"家家都要有个 XX"式购买行为的第一个爆发期，一来大家的消费能力随着经济发展上去了，二来还没形成多元化社会，消费导向还很单一。

这可以解释为什么我的父母突然决定买一套家庭卡拉 OK 设备。因为有一天，全城（或者说全国）的人突然都开始买这种家庭卡拉 OK 设备。一般来说，这套设备包括以下几个标准件：一台 VCD（后来升级到 DVD），两个到四个不等的音箱，一台功放，一对话筒。在工业设计不发达的年代，以上玩意儿基本都是黑色、冷漠、线条硬朗的大盒子，外形都非常华丽巨大，看上去就很唬人。

买这么一大堆玩意儿在当时花费甚巨。当时，在家唱卡拉 OK 属于"家家都要有"的娱乐活动，所以，我们家也不甘人后地买了一套。我妈是一个控制欲超强的人，任何时候她都要确保所有家庭成员和她一条心且服从于她。于是，在一个暑假的周末的早上，我被她从被窝里揪出来，神志不清地跟着她和我爸坐上了去成都的大巴。其实，当时小县城的电器行也卖这个东西，但是她坚信，只有去成都的电器一条街才能以白菜价买到真货。

那是个热到让人头昏脑涨的大晴天，当时成灌高速公路还未修好，去成都要花一个多小时，到了车站，还要转车去电器街。我刚好是四川省"晕车少年排行榜"的三甲选手，所以，等几个小时后我们终于到达目的地时，我已经吐得死去活来了，连午饭都吃不下。我的父母虽然对此事严阵以待，但在高温的午后，还是露出了疲态。但是他们还是展现出了四川省"讲价天王"三甲选手的专业素质，在吃过午饭后立刻冲进一家又一家的商行，对着那些看上去一模一样的黑箱子挑来挑去。我全程臭脸作陪，好像别人欠了我几百块钱。最后我妈大怒："带你来有何用！"我好像还挨了几巴掌。到了下午3点，我已经彻底蔫了，她估计也很累，但还撑着火眼金睛的架子，严格地挑选、讲价，在几家店反复比较，最后终于以她满意的价格选了一套，并雇了车运回家。回到家中已经是下午五六点了，潦草地吃过晚饭后，我爸负责接线、调试，满地都是线，沙发什么的也要挪开，那场景现在想起来仍历历在目。

这套花掉我父母很大一笔积蓄的音响设备，相对于市面上的同类产品，其实还是便宜货。我们当晚就发现话筒漏电严重，拿在手里，感觉是酥麻的。我妈找了两块好多年不用的手帕把话筒包了起来，中间用皮筋一扎，这套看上去非常"高大上"的设备立刻显得很有乡土气息，我家也有了老干部活动厅的神韵。不过更大的打击是在几天后，我们根据报纸上提供的鉴别信息，确定那台 VCD 并不是真正的 VCD，只是台 CD 的改装机。那个年月没有家电连锁销售平台和比较完善的售后系统，考虑到把这套东西运回成都的商铺里去闹的人力、时间、金钱成本，以及能闹到成功退货的概率，我父母权衡再三后，还是放弃了。

二

然而，我的噩梦才刚刚开始。我妈很快开始在周末邀请同事来家里唱歌。那年月，每家每户都添置了这么一套设备，但房子又不可能有任何隔音装置，所以一到周末的晚上（甚至在工作日的晚上），整个小区吵得像修罗场。后来我妈的同事来我家唱歌的次数多了，干脆先在我家一起吃晚饭，吃完了再唱。再后来，干脆下午在我家打麻将，麻将打完了再吃晚饭，然后再唱歌。

不管是麻将，还是吃晚饭、唱歌，三个环节中的任何一个都会给我惹上麻烦。我妈非常急于向别人展示我们家庭的团结，以及家庭成员的热情和驯服。一旦家里来了客人，平常很少让我干活的她就要不停地把在小房间做作业的我召唤出来，给所有人倒茶、削苹果、剥橘子什么的。到了晚饭环节，她又安排我到厨房刮姜剥蒜、洗碗打扫。我那会儿正是一个猪嫌狗不爱的"中二"少年，配合度极低，不仅常常一口拒绝，即使勉强去做了，也是一副别人欠我一百块钱的表情。这当然会惹恼她，也给我招来了好多顿打——当然是在客人走了以后。

唱歌环节的麻烦比较特别。我因为五音不全，所以从不唱卡拉OK。但是我父母觉得，一个在家庭聚会中不唱卡拉OK助兴的小孩，是不善交际且给大人丢脸的。"《海鸥》《让我们荡起双桨》《世上只有妈妈好》你总会唱吧？"她努力压住怒火，尽量平静地问道。

"你的碟上没有这首歌。"我想了半天，实在找不出什么理由来拒绝，只能用这最后一招了。那会儿所有卡拉 OK 设备都是带碟的，无论歌曲是什么，画面上一律是跑来跑去的泳装美女。我父母已经在这套玩意儿上花了太多钱，应该不至于为了逼我唱歌就去买一套儿童歌碟来。我妈没说话，眼看就快躲过去了。

"没事儿的，你可以清唱！我们给你打拍子！来来来，大家一起给雯雯打拍子！"她的一个朋友热情又慈祥地说道。

往好处想想，我并非当年唯一一个倒霉的少年，风水轮流转，既然别人常到我家来做客，那我妈自然也经常去别人家做客。在我们那条街上，许多个和我一样的少年都在忍受这种痛苦。我妈一个闺密的女儿（她也是我的小闺密）就经常跟我抱怨："你妈怎么老来我家打麻将！烦死了！"而我爸的一个酒鬼男同事的儿子，在这种聚会气氛正 high 时拿着考得很差的试卷回家，丢了他爸爸的面子，被当场痛殴，滚下楼梯。

三

后来，这种聚会风气慢慢平息下来，大概有几个原因：其一是那两个话筒后来漏电越来越厉害，拿着已经到了如同受刑的地步，即使包着手帕，客人还是经常被电到，后来他们来都只打麻将和吃饭，尽量用各种理由回避唱歌；其二是因为实在太吵，日子久了，家里有老人、小孩的街坊邻居实在受不了，说了好多次，慢慢地大家也就不好意思了；其三是因为外面的 KTV 慢慢多了起来，那里提供廉价的瓜子、茶水和隔音装置，而且更私密，大家全改去外面消费了。那些曾经耗资甚大、占地不小的设备，就慢慢闲置了。

2007 年，我家搬到了现在住的房子，这套已经多年不用的设备原封不动地被抬到了新家里。毫无疑问，我们肯定不会再用了，我甚至怀疑，它们只是被搬过去摆好了，线都懒得接了。直到今天它们都还在那里，中间我妈换过一两次沙发，因为木地板进水换过一次地板，都没把这套东西给扔了。大概是因为，在我父母心里，这还是属于"家家都要有一套"的东西吧。我现在租的房子是朋友买的二手房，上一任业主把所有家电以 3000 块钱的价格打包卖给了他，他觉得自己捡了个大漏，结果一试客厅里的那套音响，全是坏的。我觉得业主未必是成心坑他，很可能这套音响就和我家那套卡拉 OK 设备一样，很久之前就再没用过，主人根本不知道它们已经在岁月流逝中无声地坏掉了。和我们后来在角落里发现的几张早已不能播放的泳装卡拉 OK 碟片一样，它们的寿命永远地留在了那个火热的年代。

曹安路

◎ 路 明

一

这条路，一头连着上海最大的工人新村曹杨新村，另一头连着上海的西大门安亭，所以叫曹安路。

1981 年的秋天，一辆解放牌大卡车披红挂彩，从上海市市中心出发，过武宁路桥，沿着曹安路向西驶去。车上装的是母亲的嫁妆：樟木箱、梳妆台、大衣橱、骆驼毛毯、红绸绿绸被子、描着"囍"的痰盂、蝴蝶牌缝纫机、凤凰牌自行车……外公外婆几乎倾其所有。他们要女儿嫁得风光，以后不受欺负。

卡车一路开到安亭，过了江苏省界，停在一条小河边。父亲带了四五条船来迎接，如同梁山好汉。彼时，那个叫陆家镇的小镇还是名副其实的水乡。父亲身穿一套灰色西装，胸前别着塑料花，喜气洋洋，大声指挥着接亲的队伍。婚礼在小镇引发了小小的轰动，镇上的姑娘们成群结队地赶来瞧热闹，要看看上海新娘子都有些啥嫁妆。

说是上海新娘，其实是安徽新娘——当时母亲的户口和粮食关系还在安徽省怀远县人民医院，她在婚礼前一周才返回上海。父亲母亲在婚礼前没有见过面，只在信里交换过照片，抒发过各自的怀才不遇，结尾是：致以革命的敬礼。父亲是镇上中学的老师，这是母亲在众多追求者中选择了父亲的主要原因。

婚后，母亲顺利地调动了工作，在小镇医院当了一名医生。在我小时候，去上海是件大事。母亲提前好几天就高兴，父亲则一直忙着张罗行李。编织袋里塞满了青鱼干、咸鸭蛋、酒酿和糕团，一只鱼篓里爬着甲鱼或大闸蟹，菜篮上静静地卧着一只鸡。我们走到小镇北边的汽车站，等待过路开往安亭的班车，四十分钟一班，很挤，车厢里弥漫着一股酸臭。到了安亭再换乘一路叫作"北安线"的公交，沿着曹安路开进上海市区。印象中，这条路一直在修，坑坑洼洼，漫天尘土，一车人在无休止的颠簸中昏昏欲睡，路边是连片的农田和灰蒙蒙的厂房。窗外骑自行车的人越来越多，当看到曹杨新村密密麻麻的新公房时，我就晓得，到上海了。

每年的春节我们都在上海过，这是母亲嫁给父亲时提的条件。过完年要回去了，照例又是大包小包的，都是在小镇买不到的东西。

母亲一边整理一边唉声叹气："没劲啊没劲，年过完了。"外婆指着母亲的鼻子骂："哭彻乌拉（哭哭啼啼）做啥，又不是回安徽插队落户，哪天想家了再来嘛。"骂着骂着，外婆也流下泪来。

二

小镇上陆陆续续来了一些上海人，都是知青，年纪差不多，多少有点文化，来自云南、贵州、安徽、黑龙江等"广阔天地"。因为政策的原因回不了上海，于是想尽办法，要么调动工作，要么找个小镇上的人结婚，最终落脚在这个上海边上的小镇，也带来了我的小伙伴们。

对于小镇上的知青子女，曹安路是我们共同的记忆，回上海的路就这么一条。我犹豫着该写"回上海"还是"去上海"，就像我分不清哪里才是我的故乡。我们都坐北安线，都在一个叫陆家宅的地方下车，然后各自换乘公交车去爷爷奶奶或者外公外婆家。

我有个小伙伴姓车，大人们喜欢开玩笑叫我俩"车匪路霸"。"车匪"的爷爷家在浦东。

每次他从陆家镇出发，到陆家宅换车，再穿过浦西前往陆家嘴，单程 6 个小时。有时我气愤地想，肯定是"车匪路霸"这个名字叫坏了，导致我们的整个童年都在无休止地赶路坐车。

在镇上的小学和中学，每个年级都有一两个"上海来的老师"。确切地说，不是上海来的，而是想回上海却回不去的。他们用普通话讲课，用上海话骂人。镇上的小孩子个个会说两句"侬哪能噶戆额啦"（你怎么这么傻）"侬只黄鱼脑子"，都是老师上课时骂人的话。

小镇素来富庶，据说三年困难时期这里人都没挨饿。正值 20 世纪 80 年代末，乡镇企业和合资企业蓬勃发展，小镇居民更多了份底气。家长们下班后忙着吃老酒打麻将，小孩的读书便听天由命，读得好就读，读不下去也没什么，大不了去镇上几家中日合资的制衣厂上班，工资不比当老师低。

只有那些上海知青，自己回不了上海，便一心一意地指望子女回去，而且得是堂堂正正地考回去。不靠天、不靠地、不靠政策，靠自己，争一口气。他们在子女的教育上倾注了全部的心血，手段简单粗暴。知青家的男孩三天两头因为读书问题"吃生活"（挨打）。澡堂里，我和"车匪"嘲笑着彼此身上的乌青，"竹笋炒肉好吃伐？""别提了，这回是男女混合双打。"周六、周日，当镇上的小孩四处游荡之际，我们被关在家里写作文、做奥数题、读英语。英语让父母们忧心忡忡。他们交流着内心的焦虑："上海小学三年级就开始上英文课了，这乡下地方得等到初一。真是愁死人！"

初二时，"车匪"转学了，他靠倒卖牛仔裤成了上海滩第一批万元户的伯伯帮他联系了上海的一所私立中学。一个月后，班上每个同学都收到了"车匪"的信，内容大同小异，无非是吹嘘自己在新学校怎么厉害，怎么受欢迎，并督促大家回信，说不许忘了他。只有我知道，他的信是写给黄潇潇的。

黄潇潇是"水产大队"支书的女儿，也是班上最美的姑娘。"车匪"暗恋了黄潇潇三年，一直到离开都没勇气开口。于是他写了54封信，拉上所有人做幌子，只为一个人的回信。

中考后，又有几个小伙伴回了上海，剩下的都把希望寄托在高考上。那几年，在县城最好的高中，年级前十名里，总有两三个知青家的小孩，他们的目标是复旦、交大（上海交大）。虽然作为同一级别的高校，本省的南京大学分数要低得多，但他们没有选择，考回上海是他们与生俱来的使命。

为了提高一本升学率，校长在填志愿前动员大家"避开一线城市""天女散花"。知青们恨恨地骂校长不是东西，仍坚持要求孩子填上海的学校。到了放榜的时候，照例有十几个南大和三四个复旦、交大。这些考上复旦、交大的，大部分是知青家的孩子，这是父辈们口口相传的骄傲。

三

我如愿考回了上海，母亲还在小镇的医院上班。外婆年事已高，外公身体不太好，每个周末，母亲还得奔波在曹安路上，周五晚上来，周一早晨走。周一早上她四点不到就要起床，赶头班车，八点前必须到医院。一个冬天的早晨，我执意要送她。走出家门，寒风刺骨，街道黑暗冷清。穿过小马路，一盏昏暗的路灯下，头班车在始发站静静地停着。母亲上车了，是唯一的乘客。她隔着车窗做手势，催我赶紧回家。我摇摇头，一直看着她，看她的眼里怎样溢出泪水，又怎样把脸深埋在掌中。车开了，一阵轰鸣，载着母亲消失在街角。

我也依旧往返于小镇和上海，只是次数渐渐地少了。最初四个多小时的车程，现在不到两小时。窗外始终是施工现场，农田大片大片地抛荒，然后楼盘像野草一样疯长。

小镇也变了模样，旧日地名一个接一个地消失，取而代之的是现代化的厂房、热闹的卖场、大规模的物流中心。大地擦掉了那些名字，像抹去曾经的记忆。

退休后的知青们陆续回到了上海，要么跟父母挤在老房子里，要么用毕生积蓄为子女承担首付，自己占一个小小的房间。他们说，这叫叶落归根。终于回到朝思暮想的地方，却发现自己不过是个陌生人，买菜、看病、出行……一切都得重新适应。身体大不如前，身边没什么朋友，城市的高速发展更让他们无所适从。儿时记忆中的上海，注定是回不去了。他们偶尔聚会，念叨着从前的日子，"还是小地方舒服"。只有几个知青留在了小镇，他们自嘲，"乡下人当惯了"。而像我家这样的知青与本地人结合的家庭，要么两地分居，要么两地奔波。

昔日小镇的同学们，四分之一在县城当公务员，四分之一在外企，四分之一做生意，还有四分之一在家待着，收收房租，打打麻将，日子过得滋润惬意。仿佛一夜间，小镇拥来无数年轻的打工者，老街上放着《小苹果》，震耳欲聋。老人们上街买东西，都得费劲地学着说一点普通话。他们佝偻着背，嘟嘟囔囔，拐进等待拆迁的老屋。

又一次初中同学聚会，席间觥筹交错，黄潇潇向我打听"车匪"的消息。我说不清楚，很久没见了。人这么小，而上海那么大，儿时的玩伴就像儿时的玩具，等想起来的时候，早就找不着了。

当晚得赶回上海，黄潇潇开车送我去安亭，那里有我和"车匪"的童年记忆。这个温柔腼腆的少年，默默地喜欢，默默地告别，然后在一个熟悉又陌生的城市一封接一封地写信，那该是多寂寞——把心事抄上 54 遍，却不过是"你好吗""不要忘了我"。

坐在末班的 11 号线上，车厢空空荡荡，像喝干的汽水瓶，我是瓶底的一粒沙。

我认出了窗外的曹安路，灯火通明，像老情人的晚妆。

总有一些东西，出现时并无喜悦，

消失时亦无伤感，并没有人刻意去记住它们，

但它们实实在在地渗透到了生活里。

追寻一缕时光 /

挂历

◎ 刮刮油

一

前段时间我妈打电话问我："现在还有卖挂历的吗？"我想了想，真的不知道。

挂历这东西，好像很久没有出现在生活中了，似乎就那么悄没声儿地没了踪影。在 20 世纪八九十年代，挂历简直是每个家庭的必备生活伴侣，亲密无间的程度，堪比衣食。

更早些，家家兴挂月历牌。旧时候的月历牌制作得相当简单，封面多以福禄寿喜、年画娃娃为主，内里是红绿黑配色，纸张轻薄，印刷粗糙，内容则是阳历加阴历，再辅以"宜什么忌什么"的生活指南，一股浓厚的神秘气息扑面而来，让人产生笃信的冲动。每日一撕，看日子，算节气，以功能性为主，谈不上美观。

到了20世纪80年代中期，挂历以雷霆之势横扫市场，一时间遍布寻常百姓家。那段时期的装修风格是把一切包起来，房顶、暖气片、阳台，通通都要包起来，搞得屋里窄而矮，十分憋屈；而装饰风格则是把一切挂起来，挂历依靠其特色，当仁不让地成为主角。

比起前辈月历牌，挂历确实更招人喜爱。

首先，它迎合了大家日渐强烈的趋美之心，原来的那些花花绿绿的月历牌是绝对不适合摆在新装修的楼房里的，挂历的档次则提升了很多；其次，挂历的印刷也更精美，纸张的厚度、光泽度提高，加上照片级别的画面，挂在哪里都像样；还有就是，挂历的内容更丰富，你喜好什么内容都能找到，总有一款适合你。

格调最高的是名家的泼墨山水、工笔花鸟、书法临摹，挂起来颇像样子。去荣宝斋刷一张版画再裱起来，你算算得花多少钱？挂历就经济实惠了很多，还能常换常新。这些字画挂历通常挂在客厅，增添雅致之感。

而卧室可挂风光秀美的照片挂历，可挂印有《大众电影》上常见的明星的挂历。不管是俊美的山川河流还是笑颜如花的晓庆阿姨，看着都让人舒心。

挂历的有用之处不限于此。

当年的挂历自然要挂起来，但过了期不能挂的挂历才真是宝。若把挂历如此流行的原因归功于其过期之后的附加功能，一点儿不过分。

旁的不说，挂历从纸张的质地、厚度和硬度来看，都是包书皮的极品，就这点来说，我这十几年的课本都仰仗着挂历保护。

每年开学领完书的那个下午和晚上，我妈都在忙着包书皮。挂历足够大，什么开本的书都能包得妥帖，我妈根据每本书的开本细细剪裁和折叠，把有画的一面包在里面，露出光滑白净的背面，用钢笔写上楷体的数学、语文、思想品德……然后郑重地交到我手上。每年的这个时候，包书皮带来的仪式感都非常强烈，接过包好的书，仿佛接过了什么了不得的宝典。我一学期也就在那一天才会觉得课本是神圣的，并发誓一定会好好学习。

除了包书皮，我们家写字台的玻璃板底下常年会压上挂历纸；大衣柜的柜门上，也会贴上挂历纸；墙上哪有了瑕疵，就糊上一张挂历纸；门口的鞋架上会垫上一层挂历纸；不能挂窗帘的屋子，比如厨房、卫生间，就靠挂历隔断视线，保护隐私；桌子上不摆两个挂历纸叠的小方盒，杂物好像就没地方收。

谁家要是扔了过期的挂历，那真就是败家子，不会过日子。

二

挂历如此重要，甚至在年末成了"硬通货"。

每年十一二月份，大街上人人手里都拿个挂历做等价交换。朋友见面、上门做客，讲究带本挂历，挂历得以在社会上广为流传，成为主流的社交名品。

学生也不例外。

家长为了让老师多照顾自家孩子，得了像样的挂历，会用报纸卷好塞到孩子怀里，让拿去学校孝敬老师——包报纸在功能上讲其实毫无作用，这形状一看就知道是挂历，但似乎包一层报纸，就多了份含蓄，就像真能遮住什么一样，似乎就把成年人那点儿事和孩子隔开了。

给老师选挂历有技巧——送年长的女老师，选择风景的错不了；年长的男老师则最好字画挂历；送年轻的女老师，可爱的小动物是首选，明星什么的也很适合；而年轻的男老师，选白花花的泳装大美妞就成了。

一到阳历年根，半条胡同的孩子上学时就像是行走江湖的大侠奔赴华山论剑，要么手里提着"屠龙刀"，要么书包里插把"倚天剑"，粗细长短，各有特点。有耍单刀的，有使双剑的，舞三节棍的也屡有现身，一个个威风八面，浩浩荡荡地晃来晃去。还有的孩子把挂历卷儿插在后脖领子里，跟竖着一根炮筒子似的愣充威震天，逮谁冲谁"轰"，十分热闹，为枯燥的上学路增添了许多乐趣。

谈到最像威震天的，这些小把戏只能靠边站，放学时举着十几个"炮筒子"的老师们的孩子简直幸福死了，人家浑身插满挂历还有富余，这火力才算是凶猛。

有一年我看见一个高年级的孩子在操场上玩，他把手捅进卷好的挂历里，称自己是"铁臂大镖客"——他本人个头高、身体壮，抢将起来虎虎生风，被三个孩子围在中间竟没让他们占得半点便宜。

酣战间，突见一妇女从后面一个箭步跨上去，用右手按住了大镖客的肩膀。这大镖客真乃天人，身怀绝技，功力深厚，身子被制住的一瞬间，大喊一声，肩膀一塌，乾坤大挪移一般，半拉身子绕过手，转身一挂历砸在了妇女的脸上。

全场惊呼声四起。我心中也不禁叫好，手中要是有几枚钢镚儿，那必是要扔出去的。这角度，这力量，这速度，无可挑剔。我们正待看那妇女怎么拆招，哪知明显完胜的大镖客扔下铁臂嗷的一声抱头蹲在了地下。

后来才知道，原来这位妇女是大镖客他妈，早上送他上学忘了把饭盒给他，赶来送饭盒，正好看见他在操场上耀武扬威，更关键的是，精挑细选的给老师的挂历已经被抢得不成样子，本想阻止，结果被亲儿子锤了脸。

那天操场上大镖客的惨叫声响了很久，惊起一树乌鸦，给那个初冬的清晨添了些愁云惨雾。我们观赏完大镖客被他妈那一气呵成、漂亮干脆的手法打败后，也终于了解到，有些事羡慕不来，身怀绝技的大镖客这身功夫是家传的。

在我高中毕业时，挂历也还有些用处，到大学毕业后，就真的很少见到这东西了。

三

我问我妈要挂历做什么，她说："孙子快开学了，包书皮用。"
我说："现在书皮都是现成的，有纸的，有塑料的，还有粘的，
只要按照开本买就行，非常方便，再说为了包书皮买本挂历多浪
费啊。"我妈说了句："你不懂，包书皮还得是挂历纸。"然后
就挂了电话。

电子时代里挂历恐怕已没有立足之地，我想万能的互联网上
一定还是有得卖的，但我没有动买的心，因为我环顾了一下我家，
似乎还真没有适合挂它的地方。

挂历作为消耗品，算不上什么物件，但它又曾真的轰轰烈烈过。

总有一些东西，出现时并无喜悦，消失时亦无伤感，并没有
人刻意去记住它们，但它们实实在在地渗透到了生活里。每当不
经意想起它们，就回到了它们所拼接出的那一段一段的生活中。

遥念《正大综艺》

◎ 韩松落

　　许多年前，一个春日的星期天，14 岁的我和同学们骑自行车去很远的地方玩，中午 1 点钟我们开始往家赶，15 点 30 分我们分别赶回了家。我把自行车丢在一边，迅速打开电视，还好，还没开始——那是 1990 年 4 月 21 日，《正大综艺》开播第一天。我们知道它，是因为它即将开播及选拔主持人的消息已经在报纸上出现很长时间了。

　　时隔 25 年，我仍然记得它的流程，因为无数次重温，早已熟记于心。《正大综艺》开始前，是大大泡泡糖的广告和动画片《机器猫》。《机器猫》开播前还有一则声明，由一个朗朗的男声念出来："'机器猫'的文字和形象已向国家商标总局注册，任何单位和个人未经许可，不得使用，违法必究。"16 点整，《新闻 5 分钟》开播；16 点 10 分，《正大综艺》开始——《正大综艺》4 个金色的字随那段熟悉的音乐翻转着，然后定格在屏幕中间的位置。

"正大综艺"的第一任主持人是姜昆和杨澜，他们每次总能变换主持词，巧妙地把"不看不知道，世界真奇妙"镶嵌进去，主持《世界真奇妙》版块的是外景主持人李秀媛。正大集团的广告穿插其间，画面上有蔬菜碧绿的农庄和冠子火红的大公鸡，以及翁倩玉的那首歌《爱的奉献》。17 点 10 分，"正大剧场"开始，并掐着时间在 18 点 30 分前结束，因为随后是动画片《猫和老鼠》。

这一切都是那么"新"，包括杨澜那种在当时的主持人里罕有的气质，李秀媛那种绵软温和的语调，以及正大集团广告那精致的画面和明朗的色调，都是从来没有过的。

但最难忘的，是"正大剧场"。无论过多久，我都记得第一部在"正大剧场"播出的电视剧是《侠胆雄狮》。

能够在"正大剧场"出现的电影或者电视剧，必然是温情、明朗的，多半会有一个 happy ending，完全能让全家人一起放心地看完，《金玫瑰洞》《归乡路漫漫》《海底两万里》《孤星血泪》《简·爱》《费城实验》《弗洛斯河上的磨坊》《金色池塘》……以至于许多人回忆起那些年，总会把记忆中所有明朗的电影，都归在"正大剧场"名下。

电影《色·戒》里王佳芝回味和老易在一起的感受："每次跟老易在一起都像洗了个热水澡，把积郁都冲掉了，因为一切都有了个目的。""正大综艺"和"正大剧场"让普通人奔忙的一周都有了个目的——星期天下午的阳光从窗外照进来，电视屏幕上一个又一个温暖的故事上演。"正大综艺"给了一切尚不丰盛、没有太多选择的中国人太多的娱乐，所以，它能成为中央电视台播出时间最长、播出数量最多的综艺节目之一，我一点儿都不奇怪。

它最初的那批观众，已经开始回忆了。百度的"'正大综艺'吧"和豆瓣的"'正大综艺'小组"被一片询问声淹没："有谁记得一个外星人和小男孩的故事？""单亲妈妈抚养很多孩子，镇上的好心人送去圣诞礼物的片子叫什么？"记忆已经有点面目全非了，但可以确凿无疑地描述的，是记忆里一片明朗温情的颜色。而那段时光已经混杂着我们的询问，带着发电报的那种滴滴声，传往黑暗的宇宙，里面隐藏的，是我们曾经的热爱和眷恋。

我继承了革命母亲的血脉，

特别爱唱歌，

虽然五音不全却乐此不疲。

心中住个张学友，灵魂潜伏郭富城

◎ 刮刮油

一

周末宅在家里陪孩子，闺女在我身边玩，不知道是玩高兴了还是怎么的，她突然唱起歌来：小斑鸠，咕咕咕 / 我家来了个好姑姑 / 同我吃的一锅饭 / 跟我住的一间屋 / 白天下地搞生产 / 回来扫地又喂猪 / 我问姑姑苦不苦 / 她说不苦不苦很幸福 / 要问她是哪一个 / 她是下放的好干部。

统共十句，有六句都是一个调。

这歌我之前没听过，但从其简单粗暴的调子和极具时代特色的内容来看，我可以断定是我妈教的。因为半年前，我闺女曾经夹着枕头跟我告别，说她要去北大荒旅行了；而更早些时候，我听儿子哼过"美丽的松花江，波连波向前方"。

小时候我见过一张我妈在东北插队时拍的照片，青春而富有活力，照片里的她载歌载舞，黑粗的麻花辫，整齐的牙齿，笑容真挚，姿态优雅。

我认为我妈当年一定是文艺骨干，但我妈说那时候的人都那样，个个心里都住着歌星。她曾经边讲当时的场景边唱"姐妹们西晒展被忙"，我也多次在腰上围着被套、头上裹着枕巾，站在床上妖娆地模仿过这张照片里的动作——我一度认为这首歌曲描述的是一群妇女欢快地晒被子的生活场景，后来才知道，那其实是一首叫"姐妹们喜晒战备粮"的抓革命促生产的红歌。

我继承了革命母亲的血脉，特别爱唱歌，虽然五音不全却乐此不疲。但当年物资匮乏，我空有一腔热血，除了蹭电视时听会儿歌，或者抱着收音机听听，也没什么可以纾解情绪的途径。

二

在我上小学高年级的时候，家里买了一台橙色的小录音机，这是一台国产单卡录音机，功能简单。这么一个简单的玩意儿却意义重大，因为它彻底改变了我只能被动听歌的状况，也开启了我疯狂聚敛磁带和引吭高歌的生涯。

那时候我的很大一部分零花钱都花在买磁带上，但9.8元一盘的正版磁带不便宜，时间一长，瘾头一大，兜里这点钱就不够了。

到了亲戚家，直接觍着脸管大孩子要。时间一长，人家看到我就像抗日战争时老百姓看见了进村扫荡的鬼子，直接关门锁抽屉。

于是，我又开始买空白磁带，到处求爷爷告奶奶地串带子。看到别人家有好听的磁带，就死皮赖脸地凑上去，威逼利诱，不达目的誓不罢休，相当恬不知耻，为音乐事业折了不少腰。遇到极其喜欢的带子，串完了还要自己印封面。那时候，除了单位，很少能找到有复印机的地方，深受社会主义道德教育的我觉得占公家的便宜特别难受，于是第一次印封面之前，我郑重而愧疚地跟我妈说："妈，有件事情我不知道该不该说，你一定要帮我！"我妈见我面色苍白双目含泪，以为我在外面闯了什么大祸，吓出一身汗。得知我只是想印磁带封面后，揪着我的耳朵质问我会不会说人话。

那段时间，我放学后也不想着在外面疯了，就想赶紧回家听歌唱歌，只要打开了录音机，卧室里、客厅里或厕所里就会响起我动人的歌声——其中以厕所效果最佳，自带混响。彼时最爱的娱乐项目就是在昏暗的厕所里举着手电筒一脸深情地唱《吻别》和《对你爱不完》，心中住个张学友，灵魂潜伏着郭富城。

三

后来家中装了电话。

电话正式开启了"众乐乐"的娱乐新时代。我放学回家，扔下书包就开始给同学们打电话，我们边聊边听歌，互相询问有什么好听的歌曲，互相给对方放着听，唱着听。我觉得这样做的好处很多，一些可买可不买的磁带，通过电话试听就可以决定买不买了，避免乱花钱；而没那么喜欢的，连串磁带也省了，更不用再占公家复印机的便宜。当时我觉得自己长大了，懂事了，家里本来就不富裕，能省就省，不该花的钱就不花……同时脑补了"我实在是太懂事了""爹妈有我这么一个孩子实在太幸运了"之类的内心戏，但我忘了电话也是要交钱的。

有一天，我正在给同学边放边唱《样样红》。

我调大了音量，放开了嗓子，把歌曲中少年得志、意气风发的情绪表达得淋漓尽致：

青春少年是样样红 / 你是主人翁 / 要雨得雨要风得风 / 鱼跃龙门就不同……

我把我们家的扫炕笤帚举到嘴边，时而闭目，时而仰头，有时候耍一下手里的扫炕笤帚，有时候拨弄一下脑门上的刘海儿，唱得如痴如醉：

愿用家财万贯 / 买个太阳不下山……

唱到这句时，我幻想台下有万千歌迷在欢呼和膜拜，于是来了一个潇洒利落的转身，没想到，跟我妈四目相对。

我妈一下就把我手里的扫炕笤帚卸了。

"唱得挺高兴啊？"

"妈，你什么时候回来的？"

"够投入的，我开门那么大声儿愣没听见啊？"

"妈，你吓我一跳！"

"哟，你才吓一跳？"我妈举起手里的单子在我鼻子跟前晃，"你知道这月电话费多少钱吗？我交电话费时吓得跟兔子似的，你说跳多少下？"

我预感不对，转身要逃，我妈一把薅住了我的衣服领子，劈头盖脸一阵乱拍。

"吓你一跳哈？"白鹤亮翅。

"没没没！妈！"

"家财万贯啊？"黑虎掏心。

"妈！疼，妈！"

"太阳不下山呀？"青龙摆尾。

"妈，红了，你轻点，打红了都！"

"正合适啊，让你样样红啊！"

身体上的创伤很容易恢复，而我没有及时挂掉电话，导致"现场直播"的后果很严重。我第二天一到学校，几个同学便幸灾乐祸地围上来，关心地问我是不是"样样红"，这造成了我后续很长一段时间的心理创伤。

四

我买的第一台随身听是爱华牌的，有了它，我听歌从此不再扰民，真正做到了想听就听。但早期的磁带随身听有很多缺陷，比如体积和重量都很夸张，挎在彼时松紧带为主的裤子上就很不方便。

有一次我带着随身听在我奶奶家院子里溜达着听歌，后来我奶奶责怪我爸："孩子长身体呢，你注意让他好好吃饭！"

"他吃饭挺好的啊。"

"好什么好？你看他走两步就提一下裤子，瘦成什么样了！"

那段时间，随身听挂在哪边，哪边的裤腿就拖到地上，裤脚污迹明显，磨损严重，搞得我妈曾经一度怀疑我的腿脚出了什么毛病，暗中观察了我好久。

随身听的另一个缺点是成本高，太费电，听不了多长时间声音就开始拧巴，一听就知道是电池没电，转不动了。

两节进口电池能听多长时间，两节国产电池能听多长时间，两者价位有什么差别，我天天像神经病一样计算电池钱。不算不知道，一算才觉得开销太多，进项太少。为听音乐，稻香村炸羊肉串省了，打完球之后的可乐变成黑加仑了，这让我充分地体会到了生活的艰辛。直到充电电池出现解救了我，但我算计电量这毛病算落下了，现在电子设备的电量一旦低于 80% 我就心慌。

五

后来，随身听这玩意儿越来越普及，然后出了 CD 随身听。

我的第一张打口碟（打口碟，即国外正版碟，国外出版商因生产过剩，只好打口销毁）是一个哥们儿带我买的。我们俩骑车到前门边上的一条小胡同里，推着车来到一个大杂院门前，把车锁在门口。他跟特务接头一样，左右看了看，轻轻推门走了进去。进到院里，却还是普通平常的大杂院，他用下巴指了指里面，一路走了进去。我跟着他走到内院的一间小房子前，推开门，眼睛适应了一下由明到暗的光线和屋内的烟雾缭绕。

屋里地上放着很多大纸箱，箱子里塞满了CD。很多人蹲在地上在纸箱里翻拣，有的人表情认真反复翻看，有的则惊喜地把一张碟收在自己手里的一沓子CD里，还有人小心翼翼地把碟片拿出来，看断口打得深不深，琢磨会打掉几首歌。那场面像农贸市场一样热闹，但人们都很默契地不发出什么声音，像集体表演默剧一样。虽然空间逼仄、气氛诡异，但每个人都坚信这是音乐爱好者在参加一个神圣的文化聚会。

我那天淘了几张碟，有摇滚，有说唱，虽然每张要几十块钱，但比起音像店里动辄一百多一张的价格，还是相当实惠。

六

上学的时候，不管是放学后还是自习时，总是有专门的时间用来听歌。但上班之后，听歌的时间就越来越少了，有了孩子之后更是如此。昨天一个朋友用一款手机APP录了歌放到"朋友圈"，听后感觉效果十分惊艳，于是心中重新点燃了"我是歌手"的小火苗儿。趁着老婆带着俩孩子去超市买东西的空档，我果断下载、注册，钻进了厕所。

戴上耳塞，选一首老歌，摆好姿势，我站在镜子前深情地演唱起来。我仿佛找到了当年的感觉，不同的是，举着的扫炕笤帚变成了手机。

时光倒流。

我时而闭目，时而仰头，有时候耍一下手里的手机，有时候拨弄一下脑门上的刘海儿，唱得如痴如醉。唱到高潮，我仿佛感受到台下有万千歌迷在欢呼和膜拜，我似歌星舞台表演般来了一个潇洒利落的转身，果然 yesterday once more，转脸就看到惊呆的儿子和闺女——他们忘记带环保袋回来拿，听到厕所有异常的响动，于是跑来查看，哪儿想到竟看到如此惊悚的场景。

此时的我，光着膀子，穿着秋裤，头发凌乱，手舞足蹈，举着手机，血口大张，一身贼肉乱颤。

空气凝结片刻，我女儿噢的一声哭了出来："妈妈，我爸疯了！"

露天电影院

◎ 安 宁

　　读小学的时候，同学铁成的爹管放电影，但见了我，铁成常像骄傲的公鸡一样昂首而过，不透露任何关于电影的秘密。

　　铁成他爹到了办公室，不忙着将桌椅搬到操场上去，而是靠近大喇叭先喊上一嗓子："放电影了！放电影了！老少爷们儿快来！村支书还有重要文件要传达！"人们仰头听见大喇叭的响声，议论着慢慢往家里走去，猜测今天有什么好电影要放。当大家被诱惑着，从四面八方汇聚到操场上的时候，整个村子便有种被炮轰过的混乱。操场上是满满的人和狗，村东头的狗和村西头的狗一见面，兴奋得不知怎么表达，跳起来又咬又啃，好像要将对方吞进肚子里去。而村东头的人和村西头的人见了，也叽叽喳喳说个不停。

　　至于我们这些小孩子，因为天天在校园里见面，在操场上便有些集合的意味，情绪并不那么高昂。倒是那些学龄前的孩子和已经在读初中的大孩子，他们汇聚到操场上来，让这"大合唱"变得越发亢奋。学龄前的小屁孩们会跑到学校里晃旗杆玩，只为听那上面的铁环和旗杆碰撞时发出好听的"叮叮当当"的响声。读了初中的孩子们跟留级在小学的同学见了面，一个有节制地炫耀自己的初中时光和新的同学老师，一个则一脸羡慕地听着，想要表达自己头悬梁锥刺股的决心，却又插不上话。

村子有些沸腾了，以至于铁成他爹不得不在大喇叭上喊："老少爷们儿安静一下，马上就要放电影了！安静！别说话了！"一直喊到大家终于意识到自己是来干什么的，便搬起马扎，重新回到自己原来的位置上去。铁成他爹这时开始调试电影的清晰度，一束强光朝着挂在两棵大树间的幕布飞去。小孩子们都好奇，伸出手去，努力地让自己的手影投射在幕布上。铁成他爹并不担心，因为一旦电影的声音响起，他们会马上回到大人的怀抱里。

随着音乐声响起，电影开始放映。人群瞬间安静下来，并将视线齐刷刷地投向幕布。铁成他爹这时颇有指挥千军万马的英雄气概，他往放映机前的椅子上重重一靠，便开始了他的工作。

即便是放映动画片，大人们也不会搬了板凳离开，因为回家也是睡觉，不如在操场上看一会儿，顺便让那装满了咸豆子糊糊的肠胃消化消化，所以便一边有一眼没一眼地看着电影，一边跟旁边的村民说着闲话，探讨一下待会儿村支书会有什么重要的通知要传达。于是，在村支书的消息没有发布之前，这秘密便成了支撑大人们继续看下去的理由之一。

电影散场以后，人们纷纷散去。我搬着小板凳，迷迷糊糊地跟着姐姐回家。姐姐从来不牵着我的手，我只能紧紧跟在她的屁股后面，眼睛半睁半闭着，好像要睡过去了。铁成他爹当然是最后一个离开操场的。那个时候的他有些孤独，来之前神气的样子此刻被夜色围住，如霜打的茄子一般，暗着脸，蔫下去了。那时铁成他爹没有预料到，几年以后，大家都买了电视机，不管大队书记有什么重要指示，不管他在大喇叭上喊多少声"去看电影"，村民们都不再有看露天电影的热情，只是在大喇叭一声又一声的催促中，啪一声打开电视，边嗑着瓜子边不耐烦地说一句："铁成他爹叫唤什么呢，真招人烦，破电影，哪儿有电视好看！"

做域名买卖的人，把域名叫作"米"，
因为"域名"发音类似"玉米"，
炒域名就叫作"炒米"，这算是行话。

京东、小米和上一轮牛市

◎ 朱 宏

一

2007 年 6 月，京东商城启用新域名"360buy.com"。

这个域名是从我师兄凡石处倒手出去的。他说中关村有个卖电脑的贩子想尝试做电子商务，看中了这个域名，谈了两次，花 3.6 万元买走了。

那时候京东还刚起步，老刘和他首创的"月黑风高"（京东创始人刘强东发现夜晚是上班族购物的高峰期，便打造了以此为名的晚间促销活动）在中关村有点儿名气，在圈外则无人知晓，三五万收个域名，差不多。凡石因为这件事情来了一趟北京，办完手续，回去的前一晚请我吃了顿饭。

我和他说起早两年的一个故事。那时候，我在潘石屹的公司干活，有一天老潘心血来潮，想买他自己名字拼音的域名"panshiyi.com"，让坐在我旁边的网管去办这件事。

"50万，老潘说，50万封顶，如果对方要价超过这个数，就让他滚蛋。我同事就是这么绘声绘色地和我描述的。"

"要不了那么多，不过老潘还是财大气粗，50万对他来说就像买个玩具似的。最后多少钱成交的？"凡石举着啤酒杯说道。

"我的同事跑到西安，找到抢注了这个域名的小孩儿，人家怯怯地举起五根手指。"

"还挺准。"

"可不是嘛，同事心想，这事情好办了，没超过老板的预算。老板还是英明，虽然是搞房地产的，居然也精通 IT 业的行情。"

"你们这些小白领，就会拍马屁。真成交了？"

"同事刚打算问怎么转账，结果那小孩吞吞吐吐地说：'5000块！少一分不卖。'"

"哈哈！他也不百度一下潘石屹是谁！"凡石笑得差点儿被酒呛着。

二

凡石是我的师兄，我读大二时他已经毕业了，不过他一直没找工作，而是宅在家里研究他的软件和服务器。他经常让我帮他改改软件界面、设计个网页什么的，我也向他了解一些平时不太有机会接触的服务器知识。有时候他账上钱不够，我二话不说直接转给他，他有钱了也会马上还给我，互帮互助。

他学了很多编程语言，考了很多证书，做了很多小软件放在网上让人免费下载使用。他很单纯，从来不会在软件里藏木马或开后门，网友在论坛上咨询的技术问题他都耐心解答，所以他的朋友遍天下。作为一个标准的"码农"，他找不到对象，因为他没工作。

他也没打算找工作，他的时间都不够捣鼓自己喜欢的东西。网友们在共享软件里捐赠的钱勉强够他的一日三餐，另外，他还有独特的生财之道：炒米。

做域名买卖的人，把域名叫作"米"，因为"域名"发音类似"玉米"，炒域名就叫作"炒米"，这算是行话。".com"的域名最值钱，".cn"的域名自己用着还行，卖不出好价钱。养一个域名每年只需要几十块钱。

炒米的人，都爱给自己的网名里加个"米"字来表示专业。"我今天认识了国内最牛的行家，叫金米。"凡石和我说，"他手上囤着上万个'米'，好几个一位的，虽然只是'.cn'的，但那也很了不起了。"

那是我最后一次见到凡石。我们从晚上7点坐到半夜12点，我跟他讲职场上的明争暗斗，他神气活现地给我介绍他这些天的成果。

"我写了个小程序，每天后半夜会自动帮我抢注当天失效的

'米'，网络通畅的情况下，6 毫秒就可以注册成功！"

"那付费没那么快吧？"

"先抢注上，费用半小时内支付成功就可以。那个简单，关键是要先抢上，国内可能没几个人有我这么快。"

"那些高手应该也是用软件自动抢的吧？"

"是的，但是我的算法应该好很多。我研究了一年，前几天试验效果不错，看中的几个我都抢到了。"他喝完杯中最后一口酒，扯了张纸擦擦嘴，"我也算是入门了，回去就给自己取个带'米'字的网名。"

关于域名的基本知识，我还是得提一下：投资性的域名注册一般只付第一年的注册费。如果在过期之前你忘记续费了，或者是想放弃，那么域名会自动由托管商保留一个月，在这一个月里你还有优先续费权，时间一过，马上会放出来公开抢注。

一周后，凡石的 QQ 名字变成了"小米·凡石"。这名字起得还是很内敛，很低调。他告诉我，他觉得今后生态农业会是一个热门领域，绿色食品和互联网的结合肯定也会是大趋势，所以他抢了一批植物名字的域名。当然他最钟爱的还是带有"米"字的，抢不到，只好花了几万块从别人那儿收了两个：小米 (xiaomi.com) 和糯米 (nuomi.com)。

"卖'360buy.com'的那点儿钱都花在买这两个上面了。先养着吧，等过几年传统行业的土鳖们醒悟了，要用互联网来卖小米、稻谷或糯米、粽子什么的，我这域名的价格就翻好几番了。"

"最近股市不错，你的股票怎么样了？我都全仓了。"

"我都卖了，全用来买'米'。股市有点儿虚高，都6000点了，还是兑现出来好。你也趁早卖了吧，免得被套牢。"

"我等几个月再卖吧，还有奥运会呢，应该没问题吧。"

三

2007年冬天，南方暴雪，百年不遇。

过年前几天，凡石打电话给我，声音很虚弱。很奇怪，一般他只会上QQ和我说话，极少打电话。他说今年天气异常，导致他胸隔膜有点问题，要在医院住几天，让我帮他买一块无线上网卡带回去。

"我手上有4000多个域名，有一些还是高价收回来的，每天都得维护一下，续个费什么的，不然掉了就可惜了。你早两天回来吧，都靠你了。淘宝上买的话物流太慢了。怎么就没有一个真正做得好物流的电商？"

挂了电话之后没过几分钟，他又打了过来，接起来却不是他的声音。

"我是凡石的姐姐。"电话那头气氛显得很紧张，"刚才他打给你有什么事？"

"让我过两天从北京给他带一块上网卡。"

我满心疑惑，"他怎么了？没什么大事吧？"

"你不用买了，他扛不到你回来了。谢谢你。"

我大脑瞬间一片空白。

"你如果方便，最好明后天就回来。"他姐姐告诉我，上周他在家突然晕倒，送到医院检查发现是白血病晚期，最多还能活一周时间。家人都没敢告诉他真相，只是让他安心养病。"他常提到你的名字，有些事情也许他只会和你说，能赶回来就尽量吧。"

换成是我，我宁愿知道最残酷的真相，也要由我自己来支配最后的时间。

我买了第二天的机票，这是我第一次毫不犹豫地买全价机票，结果所有飞往南方的航班都因为暴雪而取消了。新闻里说京广线因为暴雪瘫痪，火车都停在河南、湖北两天了，一包泡面卖 50 块，一个卤蛋卖 30 块。上证指数冲到 6124 点之后一直往下砸，但是大家都相信中国奥运年的经济不会有问题。

我花了两倍的高价买到了两天后的 Z 字头火车票。这趟出行就像去往北欧的奇妙之旅，窗外也都不是我熟悉的景色，只有一片雪白。火车穿过中原大地，在清晨到达那个潮湿阴冷的城市。

我打车赶去医院，半路接到了他同学的电话，于是让司机调头去殡仪馆。

凡石躺在白布下面，安详地微笑着。他一米八几，身形瘦弱，白布没能盖好他的脚，脚尖紧紧交错挨着，皮肤苍白，看着就很冷。

他没有单位领导来致悼词，也没有女朋友来送别。

简短的追悼会后，我挤上他同学的一辆车，几个人跟着灵车去火葬场。在车上，起初大家都沉默不语，直到有人提到他的域名。

没有任何人知道他的域名管理软件的密码，包括他的家人。他也没有写在任何地方，因为他不知道自己会突然停止呼吸。那4000多个域名就无主地活在网络上，等待最长一年零一个月之后的过期失效，继而被另一个技术高超的人花几十块抢注，然后待价而沽。

太阳出来了，积雪开始融化，我摇下车窗，让新鲜空气流进车内。路上到处都是雪水，这样的天气，车身上格外肮脏。这场暴雪给中国带来了不小的影响，但在过年前一天便都消失无踪。A股直线往下，一蹶不振，我的钱都放在中石油大套餐里，但是好歹我有时间等下一个牛市。

四

我一直没有把凡石从我的 QQ 上删除，虽然他的头像永远不会再亮，但我偶尔登录，还是能在最显著的位置看到"小米·凡石"在微笑着。他的一切消失殆尽，他的母亲和姐姐依旧清贫。而我试着及时行乐，不留遗憾，不为物质所牵绊。我不看 A 股，不计算机票折扣，没有再坐过京广线的火车，不再为我那几个二位三位的 .cn 的短域名续费，只留着自己名字的域名用于个人博客。

2010 年年初，小米公司成立，启用域名"xiaomi.com"。

2010 年年中，人人网旗下团购网站糯米网上线，启用域名

"nuomi.com"。

2013 年 3 月，京东启用新域名"jd.com"，"360buy.com"仍保留。次年年中，京东于纳斯达克上市，市值逾 300 亿美元，成为当之无愧的中国最大的 B2C（business-to-customer 的缩写，即商家对顾客）电商。

2014 年 4 月，小米公司斥资 360 万美元购得两位域名"mi.com"。同年年底，小米公司完成新一轮融资，估值约 450 亿美元。

2014 年年底，上证指数重回 3000 点，直冲 4000 点。

不想历经的那年夏天

◎ 安 宁

十几年前，高考还是在闷热的 7 月。

考试前一天，一向严肃到让我惧怕的父亲，给我倒了一盆热水，让我烫烫脚，说明天走路舒服。我只好一边将脚伸进铁盆里，一边抓紧时间背几个英文单词。等我将一盆水泡凉的时候，一抬头，看到父亲正拿着一把大剪刀站在我的旁边，见我擦完了脚，他不由分说地就将我的一只脚放到他的膝盖上，笑着说我的脚指甲太长太硬了，不用大剪刀都剪不动。我第一次见父亲这样温柔，心底一软，眼泪在眼窝里打了一下转，还是给强行送了回去。

家里静悄悄的，母亲怕来人打扰我睡觉，不到天黑，就将大门关上了。闹钟早已上好了弦，放在母亲的床头。事实上，那一晚母亲一夜没睡，时不时地起来，轻手轻脚地看一眼院子里的月亮，希望明天天气凉爽。半夜我醒来，看见母亲的影子映在窗户上，风吹过梧桐树叶，便将那夹杂在树影里的影子给晃乱了。隔壁房间里父亲的鼾声也出奇的轻，好像他根本不在那里一样。

第二天，父亲早早地送我到了考点，看我进了校门才骑车离开。语文老师早已在那里等着了，照例将那些重复了千百次的话再说一遍。平素只觉得她婆婆妈妈，那天见了，却觉得特别心安。她甚至还走过来，帮我将折了的衣领弄平整，又拍拍我的肩膀，温和地说："好好考。"同学之间见了也都彼此微笑一下作为鼓励。平素不怎么说话的，这时也忽然间近了一层，好像大家不是去参加一次考试，而是要奔赴一个不知道能否活着回来的战场。

第一场考完后，我跟同学刚刚走出校门，就看到父亲在一群家长里奋力地挥着手。我有些诧异，马上跑过去，问他怎么没有回家。父亲一边带我去跟前的小吃店，一边笑着说："还不是你妈，着急得一晚上没睡好觉不说，我回家后她又担心你中午吃不好，非得让我再骑车回来，带你吃顿饭。"说完了，父亲便很迅速地将小吃店里的碗盘拿过来，放在我和同学面前。同学起初愣了一下，然后趁父亲转身的工夫，悄声说："开始见你爸这么勤快，我还以为他是店里的服务员呢。"我笑笑，没说话，心里却酸酸的，为一上午来回骑车奔走的父亲。

三天的考试，飞快地结束了。考完那天，我将剩下的高考零用钱全买了书报杂志，然后一边看着校园里卷着铺盖卷准备回家的神态各异的毕业生，一边豪气干云地指着那些报刊，对同学说：

"等着吧，不出几个月，我的大名也会登在这些杂志上！"同学揽着我的肩，一本正经道："苟富贵，勿相忘！"说完了，两个人便哈哈大笑起来。那时候我们都以为彼此会记住这份同行的情谊，可是，谁也不会想到，十几年后的今天，我已经连她的名字都想不起来了，只记得这个走在我身边、见证过我的豪言壮语的女生，有瘦瘦高高的个子，笑起来的时候，一颗青春痘恰好落在浅浅的酒窝里。

似乎也没有什么惊心动魄的故事发生在那个炎热的7月。可是，那年夏天对于从乡村单枪匹马闯荡到城市定居的我，却是终生难忘的人生转折。走过那在当时被称为"独木桥"的高考，我便彻底改写了自己的命运，与我在乡下早早嫁人生子的姐姐，有了截然不同的人生。我再也不想重新经历那背水一战的时光，却也知道，它们早已在我的一生中，烙下深深的、永不消失的印痕。

这次活动是地震灾区各种活动中普通的一个。在地震灾区，政府
和民间组织以及村民们每天都在进行着紧密围绕灾后重建的
政治、经济和文化活动。

追寻一缕时光 /

我们是主角

——四川灾区群众DV记录灾区重建纪实

◎ 曾 颖 张 欧

2008 年 5 月 12 日 14 时 28 分，一场突如其来的灾难沿龙门山脉一路肆虐。数分钟之内，青山崩塌，江河横流，工厂摧毁，校舍崩溃，公路桥梁扭曲，民居瞬间化为废墟，无数生命和财产毁于一旦。

大灾难距今已四年。这一年，是由很多个漫长而不平凡的日日夜夜组成的，这其中，包含了大灾发生之时的惨烈，营救时期的紧张，救援物资运送的奔忙，受灾群众身体和心理的治疗，以及由国家政策主导、兄弟省市对口支援的灾后重建。用灾区干部群众的话说，每一天都是漫长的，因为其中交织了太多辛酸、感动、疲惫、伤感、激越、沮丧、振奋等复杂而矛盾的情感。

对于这长长的几年，各种专业媒体采用其先进的技术手段，进行了记录和整理；作家、诗人和艺术家们，也从其专业角度进行刻画和描绘。大家都在以自己的方式铭记和怀念那些震撼人心的日日夜夜。在这里，我们要介绍一群来自灾区的记录者，他们的身份是灾区群众，绝大多数是连照相机都没摸过的山区农民，他们却用最现代最时尚的 DV 技术，拍出了 10 部原汁原味的反映灾区生活的纪录片，以专业人士所没有的对家乡山水和亲人们的挚爱之情，记录下那些令人难忘的岁月。在这里，他们和乡亲们，是真正的主角。

缘起：

没有光亮的黑夜里，我们得做点什么

拍纪录片的灵感，来自灾难发生之后几天里灾区断水断电漫长得看不到边的黑夜。遭遇前所未有的灾难，从险境中逃离出来的灾区群众对外部信息和未来都充满了疑问和恐惧，面对灾后漫漫的阴雨和无尽的黑夜，心理上产生了一种严重的不确定感。这种感觉折磨着他们，让他们身心俱疲，无所适从。

这种状况引起了山水自然保护中心的工作人员和志愿者们的注意。作为一个多年从事生物多样性保护的 NGO，他们敏锐地察觉到，在灾后短期、集中的物资供应之后，人们对信息和心理抚慰的需求及社区文化和组织管理方面，还需要得到更多的关注，其中最重要的一点，便是引导灾区群众积极参与到社区公共事务中。于是他们搭建起了"社区文化中心"，配置发电机、电灯、

电视及录像放映设备。这些东西在平常是微不足道的，但在大灾发生之初，在桥断路折、众多村落与外界失去联络的状态下，在黑得不见底的夜晚，给人们带来的绝不仅仅是物理意义上的光明，更是希望和安慰。在"社区文化中心"，村民们通过电视了解了灾情和外部的救援情况，并商议和组织自救与重建工作。这样的"社区文化中心"，分布在汶川、彭州、平武、青川、安县等重灾区的偏远村落，对稳定心理、重建信心，起到了至关重要的作用。

"社区文化中心"运作的过程中，灾区群众和社区工作人员看到别的地方的人们热火朝天的营救、抢险和重建工作被摄像机记录下来，都不约而同地想：面对如此天翻地覆的改变，我们似乎也应该记录些什么。而这种愿望，与此前山水自然保护中心的一个乡村社区的工作方法——"乡村之眼"结合了起来。"乡村之眼"通过给乡村社区老百姓提供影像记录设备和技术培训，鼓励他们用摄像机记录当地的自然、文化及环境的变化，尝试通过一种"草根"方式的表达，让外界更多地听到来自乡村的真实声音。此前，该项目在四川、青海、云南等地有过尝试，拍摄出了一批令人赞叹的作品，但类似宏大的地震灾区重建题材，是没有先例可循的。

筹备：

最艰难的是从连相机都没碰过的村民中选出摄像师兼编导

拍摄筹备工作于 2008 年 6 月底展开，这段时间正是灾区从抢险救灾工作转向灾后重建的过渡阶段，灾区群众的基本生活保障和情绪都相对稳定，而地震后百废待兴的局面，也正好积聚了大量的素材。

　　经过权衡，项目组将拍摄的目标选在彭州小鱼洞镇中坝村、安县千佛山天池村、平武县水观乡平溪村、青川县青溪镇落衣沟村和汶川县三江乡席草村。这些地方的共同特征是地处偏远的山区，受地震影响较严重，但由于交通等因素，不被主流媒体所关注。这些地方灾后生态和社区文明的重建，具有标本意义。

　　地方确定后，第二步便是选择合适的拍摄人选。由于报名者很踊跃，参与拍摄的村落不约而同地选择了当前最流行的 PK，用公开、公平、公正的办法，选出最合适的人。这样的人需要具有以下几个基本条件：有时间参与拍摄；有学习新东西的基础和想法；最重要的是有记录家乡变迁的愿望和热情。

　　最激烈的 PK 发生在青川县青溪镇落衣沟村，毛遂自荐的村民闫青荣与村主任的儿子进行最后的 PK，双方各有所长。闫青荣长年在外开小货车谋生，且喜欢做一些小手工，最重要的是，他认为自己的镜头应该对准那些村里人漠视但却让外面的观众感兴趣的乡村生活。凭这一点，他以一票的微弱优势取得胜利，并由此改变了人生的运行轨迹。

培训：

让村民们拿起 DV 的难度不亚于让唐朝的士兵拿起冲锋枪

7月22日，"我们是主角"灾后社区生态文明重建影像记录培训在成都举办，通过 PK 胜出的灾区群众和相邻自然保护区的工作人员参与培训。绝大多数学员此前都没有见过 DV，这相当于让唐朝的士兵突然端起冲锋枪，其茫然与不知所措是可想而知的。

培训从最基本的 DV 结构和原理开始，然后是机位、取景、推拉摇移等基本镜头语言，最后到最高端的用摄像机讲故事。

费尽九牛二虎之力讲了一整天，台上讲的人一身疲惫，台下听的人一脸茫然。最让人崩溃的是，第二天开会总结前一天的学习心得时，来自彭州的老肖，无限自豪地说自己昨天最大的收获便是学会了开关机。

几天的培训，上演了无数既有趣又尴尬的场面之后，村民们奉献了自己众多的"第一次"，并逐渐开始认识到手中那个小铁疙瘩的脾性。他们从对焦、推拉镜头、调整白平衡和脚架使用等简单技能开始，进而学习构图、镜头语言等高端技术，部分年轻学员还凭兴趣学会了一些小特技。

为期五天的培训是简略而匆忙的，但这五天时间，又是开启一个新世界的过程。经过这次培训，村民们学会的不仅仅是如何使用摄像机，更重要的是学会了用另一种视点和角度，重新打量并记录他们曾经熟视无睹的生活。

7月27日，经过认真学习的村民们带着摄像器材及心中早已蠢蠢欲动的各种设想，奔赴家乡，去记录那些正在悄然发生着的巨大变化。

拍摄：

每个人都用 DV 和心灵，记下了自己最想记录的东西

接下来的几个月时间是村民们的自由拍摄时段，大家按照老师讲的和自己理解的，开始在自己震后的家乡寻找拍摄对象。他们如同进入谷仓的小鸡，面对海量的材料，显得既兴奋又无所适从。中坝村的老肖，每天背着 DV 在村子里走动，拍自己的家人，拍被地震毁掉的院落，拍大学生志愿者和村民的联欢会，也拍村里的巡护队上山做监测巡护工作。由于对 DV 的性能掌握还不熟练，他最初拍的一些素材，都在回放时被抹掉了，这让他非常郁闷，于是采取"不回放主义"，遇到什么感兴趣的东西，端起机子狂拍几十分钟，满了再换带子。

老肖的妻子对他每天背个 DV 在外面东拍西拍很不以为然。在她看来，这个举动对她家当下面临的困境并没有什么实际意义。老肖家毗邻地震重灾区银厂沟，这里曾是成都人消夏避暑的胜地。地震发生之前，老肖举债数万元，新建了一幢二层的小楼准备用来开农家乐，不料水管刚通，大地震就来了。最可气的是，这该死的地震只将他们的房子震得失去了使用价值，但没有完全垮塌，这使得他家不能像别的房子完全被毁的人家那样享受更彻底的补贴。老肖和妻子很郁闷，总觉得别人家的烂房子没有背债，却享受到比自己举债修起的房子更好的补偿。

而他患病的儿子也需要人照顾，这一切，都是拍纪录片没法解决的。

在巨大的生活压力和妻子的反对声中，老肖继续坚持拍摄。这个外表质朴的汉子，内心其实有一个坚定的念头，他想，地震把我前 40 年的积累毁得一干二净，但我想为自己的后 40 年，留下些有价值的东西。

凭着这一坚定的信念，他终于在芜杂的重建生活中，逐步找出一条脉络清晰的拍摄思路，最终拍成了一部《中坝村重建纪事》。在这部纪录片中，老肖用镜头真实地记录了他最关心的灾后重建政策在村里的讨论和落实情况。他以平实的镜头语言，记录了在决定自己未来命运的会议上，乡村干部和村民们真实的愿望、期待和焦虑。在这次史无前例的重建中，无论是政府还是民间层面，都显现出了空前的新思维和智慧，包括产权制度改革在内的重建和村民民主议事制度的引入，都是具有历史意义的。老肖所拍摄的，就是这宏大历史进程中的细节。他坐在村民中，由内而外、细致入微地记录这一进程。与电视台的记者们相比，他的设备和技术都不够专业，但因为在村干部和村民中，他"不是外人"，因而，最真实最质朴的情感就流露出来了，包括他们的喜悦，也包括他们的困惑和担忧。面对他手中的 DV，大家都不像面对外来记者们的镜头那样紧张，许多妙语和趣话也在无意中流了出来。比如在纪录片中，村干部所讲的："你的民主，还得拿到我这里来集中！"如果换成电视台记者的镜头，可能打死他也说不出来。

在所有学员中，除了老肖之外，就数安县天池村的赵天友最让老师们担心，因为他俩年纪最大，学新技术较慢，老赵又住在交通阻断的山里，获得技术支持的可能性较小。但是，几个月后，老赵却带着一大堆拍摄素材，风尘仆仆地来交作业了。和老肖一样，他选择的也是自己觉得最值得关注的事情——修路。

老赵高中毕业回乡，在小学教了8年书，又当了15年的文书，多年来，最令他耿耿于怀的便是家乡的路。当年，村里没路时，下山买东西，早晨5点出门，要到天黑才能回来。几年前，老赵拿出自己的工资带领大家开始修路，全村人有钱出钱，有力出力，一共花了5年时间才将路修好，眼见着村里的中药材可以拉出去换钱，大家也不用再起早摸黑赶路了，一场地震，却又将他们刚刚开启的幸福之门给合上了。

在老赵眼中，再没有比修路更重要的事情了，他的生活重点和拍摄重点完全与之紧密相连。他既是修路的参与者，又是记录者。在酷热难耐的夏天，他承担了比别人多一倍的工作，爆破、背石头、指挥挖掘机、搅拌水泥……据老赵讲，在反复的余震中重修道路，出现了许多的险情和精彩场面，但都没能记录下来，因为在修路的参与者和记录者之间，他把前者看得更重，也更容易进入角色一些，每次出现状况，他都是参与排险为主，拍摄为辅，不会忘记自己的角色。这也许就是他与职业记者的差异，他的角色注定他不能成为一个冷静的旁观者。

在老赵的纪录片中，记录了天池村这条唯一与外界连接的通道的重生过程，山路共 21 道弯，每道弯修了几天到几十天不等。在后期制作中，老赵舍不得删掉其中一些繁复的修路镜头，哪怕被人指责"像修路教学片"也在所不惜。他有一个很牛的理由：村里人都为修路做了努力，要让他们在片子里都能看到自己的影子，这是对他们几个月辛劳的回报。

纪录片的结尾是 21 道山路弯的连续展示，老赵的家人远远地走来，画外传来一个深沉的男声："这条路，是我们的家园重建之路、生活之路、生命之路，也是我们的心灵重建之路。"

这个后来在展映中广获好评，被赞为"大师级结尾"的创意是老赵自己想出来的。

为了录好这段川味十足的普通话旁白，老赵躲在厕所旁的楼梯间里，不知练习了多少回。

在所有纪录片中，最沉痛最令人揪心的要数鄢玉彬拍摄的《平溪村重建之路》。

在这部 12 分钟的纪录片里，拍摄者饱含深情地记录了地震给家乡带来的损害，以及村民们在重建过程中表现出的勇气和智慧。他们历尽艰难，上山砍树，然后用川北特有的古法立架上梁，整部纪录片的前半部都洋溢着既艰辛又乐观的气息，但当他们的房子终于建成，人们开始憧憬即将到来的新生活时，一场洪水从天而降，将一切化为乌有。这场洪水，就是导致几十里外北川县委农办主任董玉飞自杀的同一场大雨造成的，在鄢玉彬颤抖的镜头中，人们被揪紧的心灵也跟着无声地哭泣。

　　除此之外，还有闫青荣拍摄的《志愿者与山里娃》，用山里人特有的视角，记录了来自大城市的青年志愿者们在震后组织文化活动的过程，也从当地孩子的身上折射出两种不同成长背景的人群在大灾后团结齐心、乐观向上的精神。卧龙自然保护区三江保护站职工张开强拍摄了对大熊猫自然栖息地的第一次灾后探险，被震灾摧残的自然保护区，惊慌恐惧的野生动物们，以及每天穿着湿透的衣服逢山开路遇水搭桥满身扎着蚂蟥的考察队员，无不令人心惊。汶川县三江乡席草村村民王波，用非专业设备拍下了令专业摄影师们赞叹的《我家的鸟》，整部纪录片只有各式各样欢快唱歌的鸟。他说："只有拍这些东西，才能让我感到心灵宁静。"也许是见过了太多的惨烈与悲伤，他更愿意将镜头面对一天天复苏的山林和伤口正在愈合的自然。

尾声：

拍摄纪录片，使他们的生活和观念发生了巨大改变

　　2008 年 12 月，由地震灾区群众自己拍摄的 10 部原生态纪录片在成都和北京等地展映，受到各界的好评。

　　这次活动是地震灾区各种活动中普通的一个。在地震灾区，

政府和民间组织及村民们每天都在进行着紧密围绕灾后重建的政治、经济和文化活动，这些活动，有力而有效地为灾区的社会生活重建提供了支持。参与本次拍摄的村民，也通过参与活动，改变了自己的人生观和生活轨迹。

赵天友，在他拍摄《路》的过程中，凤凰卫视和中华小姐大赛的获奖者们来到他们几乎与世隔绝的小山村。山水自然保护中心正在向包括李连杰"壹基金"在内的机构申请支持村里生计的后续项目。

肖永发，在拍完纪录片后，成为兼职摄像师，暂时放弃开农家乐的想法，时常跟着来村里的各类考察队进山进行野外拍摄，许多图像资料被中科院等相关部门选用。

脑子灵活的闫清荣，从拍摄纪录片的过程中看到了人们对影像记录的强烈愿望，并从中嗅出了商机，决定开一家录像店，开天辟地地为山民的婚丧嫁娶提供影像服务。

其余参与拍摄的人员，也各有不同程度的收获和改变。而他们所拍摄的对象——震后的家乡，也如同汹涌着绿意的青山那样，正以难以遏制的声势走向复苏。

在韩女士看来，

她家之所以能够成为第一个奥运人家，

跟特殊的地理位置有关。

0000 号奥运人家

◎ 清 河

再过几天，0000 号"奥运人家"的韩女士就将迎来入住的第一位外国客人，她的角色将从某高校的英语教师转变为奥运房东。

改变：
0000 号让她接受了将近 100 家媒体的访问

今年的 4 月 10 日对于韩女士一家来说非同寻常，北京市旅游局正是在这天将印有"奥运人家 0000 号"的陶瓷标志牌发到了她家。

"0000 号？我当时还以为是赝品呢！"回忆自己领这个标志牌时的感受，韩女士觉得好笑，"后来我才知道，0000 就代表我们家是'奥运人家'编号的第一位，我也挺吃惊的。"

对于 0000 的编号，韩女士并没有特别在意，可这却成了新闻媒体跟踪的重点。就在领到这个标志牌的当天下午，韩女士家的客厅里挤满了前来采访的新闻记者，有人拍照，有人提问，一下子让韩女士和年仅 7 岁的儿子有些无所适从，只好一遍遍回答记者们的问题，一次次拿着标志牌摆出各种造型。为了拍到特殊角度的照片，有些记者甚至从下午 3 点耗到了晚上 8 点。

"采访我们的媒体太多了……"韩女士在"太"字上加了长长的重音，"说实话，我现在已经够够的了，但我这人不愿意轻易拒绝别人，只要有人想来我们家采访，我还是尽量满足，这不是前几天白岩松他们刚来过嘛。"

从 4 月到现在，韩女士的手机成了热线，她家接受了将近 100 家媒体的采访，其中还有不少是来自国外电视台的记者，一个朝阳区安慧里的普通居民家庭就这样声名鹊起。"这不是我想要的，这种东西让孩子变得很浮躁，他有时候被这件事扰得很烦……"韩女士的儿子高兴时会撅起小嘴，皱皱眉头说句"让他们来（采访）吧"，不高兴时则干脆闭门不出。

有一天，韩女士突然听自己的同事讲，她家的详细地址已经被记者公布到了网上。"我先生是律师，要是去追究这个责任其实很简单，但真的没必要了，大家都不容易。"她一笑而过。

准备：

让10年未变的室内装修换新颜

韩女士和爱人都喜欢体育。他俩本来准备报名去当奥运志愿者，但又怕自己整天不在家，孩子没人看。"后来听说有这样一个活动，我就到居委会填了张表，想通过这种方式为奥运会做点什么。"

在韩女士看来，她家之所以能够成为第一个奥运人家，跟特殊的地理位置有关。因为从她家步行到"鸟巢"只需要15分钟时间，她家特殊的文化氛围也是市旅游局选择她家当"试点家庭"的重要原因。"没有一个人告诉过我，我们家入选的真正原因是什么，我所说的也都是猜的，当时真的给了我一个 big surprise。"

过去的一年里，韩女士带着儿子参加了社区组织的所有跟奥运相关的活动，她的文章还在朝阳区的奥运征文比赛中获得了二等奖。为了让家人能跟将要入住的外国客人更好地交流，她还特意准备了一些日常用语。"我自认为自己跟外国人交流起来没有问题，毕竟我在国外生活过，也在酒店里体验过一段时间的接待工作。"

为了迎接即将到来的客人，韩女士家的客厅已经进行了重新装修，墙上贴的壁纸画满了国花牡丹，茶几和电视柜也都是红木制成，淡黄色的木质地板被她擦得锃亮。

"墙肯定得重新贴壁纸，地板也会重新铺，我会给每个卧室都装上空调，让客人住孩子的房间，孩子跟我俩住，另外还得买个饮水机……"这些设计韩女士早就心中有数，只等暑假到来后进行全面"施工"，"弄这些有一个星期足够了，就是倒腾家具有点费劲，但没关系，我的房子已经 10 年没有装修了，正好利用这个机会好好装饰一下。"

憧憬：
"傻热情"有时会让客人不自在

"我一定得为客人做顿饺子，让他们感受一下中国最具特色的食物。"很多次在接受记者采访时，韩女士都表达了这样的愿望。

其实韩女士到目前为止还不知道她家要接待的客人的国籍、性别和人数。在当初填写意愿表时，她特别注明希望入住的客人最好能够带上自己的小孩儿，哪怕是一家三口。

"不知道为什么，我儿子总是觉得我们家会住进来一个跟他一样大的小孩儿。"韩女士说。

韩女士的儿子之所以有这种想法，是想给自己找一个玩伴，在幼儿园时曾练过武术的他还打算教客人学几招"中国功夫"。

为了让儿子更好地跟客人交流，韩女士为他报了英语辅导班："孩子的性格比较内向，因此我也希望通过这次机会，让他的视野更开阔，学会跟别人打交道，同时也能练练英语。"

在谈到自己接待客人的理念时，韩女士总结出了这么一句话：

"热情是必须的，但光有一腔热情是远远不够的。""客人在家里与你同吃同住，你需要了解对方的民族和国家背景，只有这样才能保证在交流中不产生隔阂和误解。"韩女士说，"那种'傻热情'是不行的，而且有时还会南辕北辙，让客人觉得不自在。"

韩女士认为，应该让客人觉得自己是家庭成员，"如果大家有共同语言，那么就可以多聊几句；没有共同语言，我做到非常礼貌地待客就可以了。没必要把客人奉为贵宾，这儿毕竟不是宾馆。"

在接待期间，韩女士每天都要为客人准备一份早餐。"吃什么由客人做主，他如果想吃西餐，我可以去外面买；想尝尝咱们中国的早餐，我们同样可以提供，让客人满意是我们这些接待家庭最首要的任务。"

担忧：
最担心入住客人有坏习惯

家里突然住进来个外国人，不方便是难免的，这也是所有奥运人家都要面对的问题。

"可能会有些不方便，就那么几天，凑合凑合就过去了。而且客人白天基本上到各处玩，所以还是比较自在的。"韩女士看得很开，但她最担心的是客人的身体健康情况，"说实话，人家只要踏进我的家门，我就得负责人家的安全。"

与此同时，韩女士也有另外的担心："我家有小孩子，客人是否有传染病？这也是我所担心的。"在填写意愿表时，韩女士特意强调希望入住客人的母语是英语。"这样交流起来比较容易，一些母语非英语国家的人来我家入住也不是不可以，但就怕因交流问题产生误会，不能为客人提供更便利的服务。"

　　除了这些，韩女士还希望入住自己家的客人不是非常粗鲁的人，不要对华有敌对情绪。"我觉得相关部门应该可以把好关吧。"在承担接待任务的同时，韩女士不希望有不好的风气被带进自己的家门，因为那样会影响到自己 7 岁的儿子。

"猪笼寨" 里的 "贵族"

◎ 严柳晴

一

老赵站在弄堂的院子里向外望，四面楼房，四面人家。活了半世，老赵第一次觉得，自家院子像口井，人坐在里面，只看得见圆圆的、镜子似的一面天。

这是他长大的地方。很久以前，这里是公共租界巡捕房，中华人民共和国成立后划归国有，改名隆昌公寓。以前，他觉得隆昌公寓很大，简直是整个地球；现在它显得那么小，比不上一颗弹子糖。

一道羊肠弄堂，连接了隆昌路与隆昌公寓的大院子。马蹄形的环状楼房，圈起一个世界。电影《功夫》里面有一座楼房，形貌与之酷似，叫作"猪笼寨"。看过《功夫》的年轻人，看到隆昌公寓尤其起劲："上海还有这种楼！长得跟'猪笼寨'一样。"

网络时代，一句屁话如逢好运，瞬时就可声震万里。所以，隆昌公寓就顺理成章地被叫作"猪笼寨"了。这个土得掉渣的名字没有经过老赵的批准。如果有人征求他的意见，他一定是不乐意的。一拨儿又一拨儿年轻人捧着照相机，颠颠地跑来，小年轻说："叔，我们想听'猪笼寨'里的故事。"

"啥？'猪笼寨'？！"老赵手伸得老长，皮夹克的袖子直往下落，一条闪闪的金链子松松垮垮地搭在手腕上。见众人的眼光都被攫走，老赵戴着金链子的手在空中停顿了一下，然后两只手臂环扣，顺势搭在后脑勺上。

"告诉你，这里是个豪宅。"老赵坐在一把藤椅上，人舒服地往后一靠，老藤椅吱嘎一摇，说："现在什么汤臣一品啦、嘉庭啦，都比不上这里。几十年之前，不要说高楼了，像样的房子都很少，这里可是一栋 5 层电梯房。这不叫豪宅，啥叫豪宅？"

"原来'猪笼寨'老早那么风光。"小年轻敷衍道。

"怎么又叫'猪笼寨'？！"老赵似身上被浇了热油，火急火燎地站起来，狠狠地从鼻腔里掼出一声："喊——"

二

这里已经没有一点儿豪宅的样子了。凭良心讲，"猪笼寨"

这个土名字，完全配得上它如今的落魄光景。以前一个院子住 10 户人家，现在变成了 250 户。走廊里东一只碗橱，西一只柜子，物件缝里还要填破报纸、烂鞋、螺丝钉……

但无论如何，这里曾经是个豪宅呀。老赵话兴已起，不吐不快。他要和小年轻们聊一个老同学，姓钱。老赵说，现在这位同窗年纪也大了，姑且叫作"老钱"吧。

老钱和老赵的关系好得不一般。上海男人不打架，但只要一起玩大，一样能同甘共苦，一样是兄弟。这个叫老钱的家伙，夏天一件大白背心，冬天一件灰绿棉衣，半个脑袋缩进脖子里，显得肩膀又尖又高。老钱第一次到隆昌公寓，脑袋探进羊肠弄堂，看一看："哇，这是什么地方，乖乖。"又一缩头，把脑袋从小弄堂里抽了出来。"那时候，同学们是很崇拜我们的。老钱看到这里面这么大，住得那么高级，差点儿被吓死。"老赵当然有家底。住隆昌公寓的人，大都是北方南下的干部。老赵的父亲是山东人，在上海待久了，培养出一口"山东上海话"，开口是"阿拉山东人"，同学一听就知道，这是住隆昌公寓的；老钱讲"苏北上海话"，一听就是棚户区出身，穷人一个。老赵有时候想，语言这东西多么奇怪，嘴一张，身份就已不同。不过，他也懒得细想穷究，毕竟他是占便宜的一方。"老钱是穷小孩嘛，对他来说这里什么都是好玩的、高级的。"老赵伸了伸脖子，继续说道。在老钱把脑袋缩回去的那天，老赵把他带进了公寓里。一天上完课，他们在学校后院抓了一只兔子。老赵把兔子养在隆昌公寓的走廊里。兔子每天都饿不着，今天啃菠菜叶子，明天啃花菜叶子。老钱见了，哭哭啼啼："兔子吃的比我们家里吃的好多了！"老赵拍了拍他的肩："别跟个娘儿们似的，以后跟我混，保你日子过舒服了。"

三

20世纪60年代，老钱和大多数同龄人一样，随时代吃苦受累。辣椒酱拌白米饭，一家老小吃一年。而老赵这个说着"山东上海话"的人，从来不用担惊受怕。隆昌公寓一直都很温暖，像刚喝饱热牛奶的胃，保持着优雅的恒温。老赵一碰到老钱，手一扬："走，跟我走吧！"老赵从没有尝过饿肚子的滋味，怎么可以让兄弟受苦。而且，吃饱饭这件事对老赵而言，多么容易。隆昌公寓斜对角有一个供给处，猪肉粉条、菜饭都能吃上。老赵有的是粮票，一到饭点，就神气地吆喝一声："吃饭了！"供给处里开灶头，木盖一掀，热气一轮轮滚上来。老钱被满屋子的蒸汽迷昏了头脑，恍惚之中，扒光了碗里的每一粒米饭。老赵扫了他一眼说："别吃了，剩点儿，碗里吃得空荡荡的，寒碜不？"饱餐一顿后，他们从食堂里捎了些菜叶子，带给宠物兔子。一只兔子能过得那么好，老钱始终想不通。兔子和隆昌公寓的人，年纪轻轻就能颐养天年，上辈子得积多大的德。那些日子，老赵和老钱骑着自行车，在隆昌公寓的环形楼道里打转，一圈、两圈、三圈……老钱对老赵说："在这里过日子真开心，像在云里一样，像在天堂一样，什么都不用发愁……"老赵又把话劈断了："愣子，别跟个娘儿们似的。"

四

"老钱大概从来没享受过这种好日子，恨不得过继到你家来了。""你们小辈要记牢，一家人有一家人的苦，谁都不容易。"老赵似乎觉得，如果人这一生顺逆相抵的话，他享的福根本抵不上受的委屈，还得不到旁人的同情，"做那个年代的有钱人，不太合算"。老赵也是个苦命人。从小学到中学，班上的同学都知道，他有两个妈：一个妈在山东，一个妈在上海。父亲从北方南下，在上海再度成家。老赵的大妈跑到上海来了，并不是来算老赵爹那笔"三心二意"的账，而是来向赵家讨吃的。在被饥荒裹挟的山东老家，老赵爹的前妻经年累月揭不开锅。于是她选择南下，把前夫当作救命稻草。说着"山东上海话"的老赵爹深信"离婚不离家"，他强势、自负，也热心肠。从家里的角角落落搜出几斤粮票，又拎出一篮子鸡蛋。两位妻子自然是摆不平的。日子过得像跷跷板一样，甜了这家，苦了那家。两位赵妈整日哭嚷，一个哭穷，一个叫骂，推推搡搡。同学见状，编了个唱段："老赵大娘哎，大老远跑来不饿肚皮；二娘哎，不是阿拉山东人……"人群中冲出一匹野狼，那是老钱。他撕扯开集群"唱戏"的同学，正在亮嗓高歌的捣蛋鬼被他一把推倒在地："滚，给我滚——"用一笔巨款和全部的屯粮打发走老家大妈之后，老赵也终于体会到了拮据的滋味。家里说不上一贫如洗，但元气已伤。首先遭殃的是他的兔子，断粮了，兔子被掐断脖子时，惶恐地睁着眼睛。老赵不想吃饭，饿了几顿，神气都被抽走了。他望着老钱，可老钱能帮上什么忙呢？老钱家里，弟弟妹妹一大堆。老赵坐在藤椅上，老钱坐在一级台阶上依着他，像两个老人一样，看太阳掉下山头。

五

时代变换了几轮，老赵去新疆当兵，老钱去崇明岛农场开垦。此去经年，各自在对方的人生里，都是一段空白。老赵偶尔给老钱写信，寄一点儿部队发的粮票，老钱偶有回音。但荒漠辽远，通信渐稀。老赵在新疆当兵的那些年，身边有个喜欢文学的知青，知青常对着他念诗。老赵书没念好，但有些诗句，他听懂了。知青念"人生不相见，动如参与商"，他想到老钱；念"劝君更尽一杯酒，西出阳关无故人"，他想到老钱为他打抱不平的拳头；念"悲欢离合总无情。一任阶前、点滴到天明"，他又想到那个娘儿们一样的老钱，一见隆昌公寓的好日子就多愁善感的老钱。老钱在哪儿呢？"少小离家老大回"，这家伙还活着吗？老赵在乌鲁木齐娶妻生子，等再回隆昌公寓的时候，灰头土脸的。邻居见他蔫着一张脸，劝道："老赵，想开点儿。现在的日子和以前也差不多，供给处那块开了一家大超市，什么都有。你的退休工资加当兵补贴，过日子足够了。"但老赵觉得，世界已经调了个儿，与以前全然不同了：隆昌公寓住进了许多户人家，到处都是"七十二家房客"的痕迹。再后来，隆昌公寓就莫名其妙地被年轻人叫作"猪笼寨"了，一拨儿一拨儿的年轻人，拍照片的，看西洋镜的，在楼里横摆竖摆，搔首弄姿。最要紧的是，老钱不知道哪里去了。老赵使劲儿想，也想不起老钱的模样。他也没有去打听老钱的消息，他怕老钱离开了，怕他变成孤老头儿了，也怕老钱发财了……故友旺达自然好，但他老赵的面子往哪儿搁？犹豫又犹豫，没有老钱的隆昌公寓，一日比一日陌生。

六

其实，老赵早已见过老钱。老赵骑车子跑出去，东游游，西逛逛，想找点儿活干。刚回上海，又没什么技能，不能守着祖业坐吃山空。老赵想，小时候家里有点儿钱，享了点儿福，现在，一样一样的劳役，一件一件地还债。享福有日，还债无期。有邻居告诉他，路边的一家扬州饭馆正在招聘杂工。老赵辗转寻了过去，走到距饭店大门 10 米处，看到一个 60 岁左右的男人，微微低着头，肩又尖又高。那是老钱吧？老赵想，又好像不是。"老板，做大生意了啊？"有人跟男人搭讪。"老早卖烘山芋存了点儿钞票，现在可以开小饭店了。扬州干丝、杂烩、芹菜炒牛肉……生意还可以……唉，小孩不争气，我就想着多赚一点儿。"老赵看到饭店门口养了一只兔子，装在一只笼子里，兔子又大又白。他知道，那一定是老钱的店。想到老钱说"乖乖，兔子比人吃得还好"，老赵的眼泪顺着沟壑纵深的脸滑下来，又被皱纹给吞了，跟个娘儿们似的。

宝贝，我们送你回家

◎ 林特特

　　"夜深了／宝贝你怕不怕黑／天冷了／宝贝你在哪里睡／你的脸上是否挂着无助的泪／没有你／我的心已碎……"这是多位网络原创音乐人精心制作的歌曲《别让妈妈的世界泪雨飞》。

　　如何帮助走失、被拐、被遗弃儿童寻找亲人，帮助因各种原因流浪、乞讨、卖艺的儿童回归正常生活？志愿者们在行动……

　　晚上10点，牛街的行人渐渐稀少，路中央骨瘦如柴的残疾少年目光呆滞地看着前方。他的胸前挂着布袋，布袋里凌乱地堆着些毛票。有人经过他，少年的眼珠子转了一转："好人一生平安，可怜可怜我吧！"来者扔下一些零钱，叹息而去，少年又恢复呆滞。

　　这天上午，一米阳光在网上看到帖子"牛街每天有人放下铁笼子，放出一个残疾孩子乞讨，晚上再用铁笼子装走"，一想到铁笼子，她心中一紧，马上到"宝贝回家"寻子网站上征集志愿者同去。

很快，就有了响应者。她和瓷娃娃先出发，随后，又有三四个志愿者从北京城的四面八方来到牛街。他们有的和乞讨少年攀谈，有的站在街对面的邮局观察周围的动向，有的则装作无意，向街角小卖部的老板打听关于这少年的各种信息。

直到晚上 8 点，乞讨少年的身边出现三个可疑的人：一个三十多岁的青年男子走在前面，他拿着卖唱用的音箱；一个戴着墨镜的盲人紧随其后；走在最后的是一位五十多岁、穿着时尚的城里女人。他们三人彼此不交谈，似乎不认识，但路过乞讨少年时，他们同时停下了脚步。女人突然弯腰，把少年胸前布袋里的钱极迅速地倒在随身背的大包里，随即旁若无人地直起身，三人一起离开了。

志愿者立即报警，刑警队的同志说："我们马上来。"

两个小时过去了，有的志愿者已经撤退，只剩下一米阳光和另一个同伴。她们从中午开始已蹲守了近十个小时，还没见到乞讨少年幕后指使人的出现。

这时，牛街突然来了两辆车。车门打开，五六个壮汉从车里出来，他们分散到牛街的各个角落，四处看看，其中有人掏出 DV 开始拍摄。一米阳光和同伴怀疑这几个人便是幕后指使者，而自己一旦被发现，就会有危险。

夜已深，一米阳光和同伴闪进一旁的大中电器，又一次拨通了刑警队的电话。

刑警队的回答是："别怕，那是我们的便衣。"一米阳光和同伴松了口气。

可就在这一分神的瞬间，乞讨少年消失了！不远处有辆摩托车，摩托车后座上恰是铁笼子。"不好！"一米阳光反应过来，"有人把小孩接走了！"

便衣们迅速集结，车紧追着摩托车消失的方向……

第二天早上，一米阳光在"宝贝回家"上发帖汇报昨天行动的结果："警察跟踪到乞讨少年的屋子……经查实是一对夫妻操纵两个孩子乞讨，他们均被带回了派出所。"

论坛里一片欢呼。

这是"宝贝回家"志愿者在 2009 年 5 月一次极平常的行动。

梦想搬进现实

2003 年，吉林通化的张宝艳辞去工作，全力照顾面临中考的儿子。在家时间长了，她有种创作欲望，想写一个关于被拐儿童的剧本。

这并非一时冲动。早在 1992 年，张宝艳就在一篇名为《超越谋杀的罪恶》的报告文学中知道了"这世上还有人拐卖孩子"。儿子 5 岁那年曾意外地走失，虽然很快被找到，但丢失孩子那一瞬间的慌乱和撕心裂肺的疼痛，张宝艳记忆犹新。

此后，每当她在街上看到行乞的孩子，就会联想到很多。他们不足 10 岁，成群出现，小脸脏兮兮，小手摊开追着大人要钱，有的双腿或双臂都齐根断了，就蹭着地一点一点爬行。他们是不是被拐卖的？

父母该有多心痛？这些疑问在张宝艳的心头堆积，她决定用剧本揭露拐卖孩子的罪恶，这个设想得到了丈夫秦艳友的支持。

张宝艳开始在网上搜集资料，那些寻找失踪孩子的帖子里，只要留下联系方式的，她便会拨电话过去。她的初衷只是想安慰那些家长，"我是个孩子的妈妈，很了解那种痛。你们要保重，要等到孩子回来"。但很多家长"觉得非亲非故的，关心他们的孩子，挺可笑"，有人甚至以为张宝艳是骗子，那时，她还没想到怎样具体帮助这些家长。

剧本写到一半，张宝艳感到绝望。以她掌握的资料，人口拐卖已形成一个巨大的产业链条，"男孩比女孩贵，年龄小的比大的贵，平均一个孩子能卖到两三万元"，他们内部分工明确，近乎流水作业，"有拐的，有运的，还有卖的"，而她所联系的几十个家长还在用贴小广告、发传单等原始手段去找孩子，可能永远也找不到。

采取哪种方式才能找到孩子？在通化师范学院网络中心工作的丈夫提议，利用网络，建个寻亲平台。

从那时起，夫妇俩就开始设想如何建寻亲平台，等到剧本写完，这个梦想中的平台被他们搬进了现实。

2006 年 8 月，在同事和学生的帮助下，秦艳友建立了"太阳城寻子联盟"，此后，秦艳友负责网络技术，张宝艳负责内容管理。

一开始，举步维艰。张宝艳在各大网站上发帖宣传，招募志愿者。但有些网站认为她在做广告，直接封了她的 ID。过了一个星期还没有人加入，她着急了，秦艳友的几个同事和学生闻讯在网站注册，做了第一批志愿者。

直至 2007 年 4 月，天涯社区广为流传一张照片，照片里广州一个残疾乞丐用铁链拴着一个孩子乞讨，关注此事的网友们迅速建立了 QQ 群，张宝艳也在其中。大家热烈讨论，从如何解救这个孩子上升到如何解救被拐卖儿童，张宝艳告诉大家，她建立了"太阳城寻子联盟"。

那时，QQ 群中，网友们还在关注网友雅可夫在天涯社区发表的文章《宝贝回家：请帮助这些孩子找到自己的妈妈》，帖子中沿街乞讨、卖艺孩子的照片不知让多少人为之落泪，"宝贝回家"的口号直击人心。网友建议张宝艳把网站改名为"宝贝回家"，他们也随之加入。

那一年，广州、深圳、武汉、宁波、杭州等各大城市的志愿者走上街头向市民宣传，"宝贝回家"遂成为志愿者众多的民间寻子平台。

五十多个奇迹

建立不到两个月，"宝贝回家"就迎来了第一个成功案例。

2007 年 6 月 24 日下午，内蒙古警察学院的学生郭俊和他的朋友来到一个公园，这时他加入"宝贝回家"才三天。

看到一老一小正在乞讨，郭俊走上前，掏出证件盘问，乞丐老头说男孩是他的孙子，但他的表情有些慌乱。郭俊起了疑，他和朋友将这一老一小带到派出所做进一步调查。

果然，男孩是被拐卖的，刚 8 岁，甘肃民勤县人。十几天前，乞丐老头将这个同乡男孩拐骗出来，强迫其乞讨。内蒙古警方将男孩送回甘肃，乞丐老头则被收容审查。

一时间，"宝贝回家"全国六十多个分群沸腾了。大家互相发拍手、高兴的表情，这个习惯保留至今，只要有解救儿童的信息，志愿者们就在线等，直到解救成功，他们在虚拟的拥抱中狂喜庆祝，而后头像才一个个变暗。

那一次有人在论坛写道："我们相信，随着'宝贝回家'活动在全国的展开，会有更多的志愿者加入'宝贝回家'的活动中，也会有更多的孩子得到救助，希望每个宝贝都能回到父母的身边。"

上海的唐蔚华在央视看到了关于"宝贝回家"的报道，她搜索并拨通了电话。唐蔚华的儿子王磊于 1999 年失踪，至今生死不知，她和丈夫一直没有放弃寻找，但希望越来越渺茫。"宝贝回家"的志愿者年华在电话中一直安慰、鼓励唐蔚华，网友们在论坛、QQ 群帮她出主意、分析线索。在随后"宝贝回家"组织的杭州寻亲大会上，唐蔚华见到了许多和她情况类似的家长，她突然意识到自己不是唯一苦命的人，"即便找不到自己的宝贝，我还可以帮助别的宝贝回家"。她开始搜集失踪儿童的信息，成为"宝贝回家"的志愿者。

广州的仔仔也看到了报道。他在少林寺学过武，在部队当过侦察兵。退伍后，他在广东做跆拳道教练，还参加过义务反扒。仔仔加入"宝贝回家"后，目光首先投向卖花儿童。

在广州天河体育中心，常有一群小孩举着花纠缠着一对对情侣。他们或是抱住大人的腿，或是跪地不起、就地耍赖。一次，仔仔经过他们，发现十多个卖花儿童聚集在一起，惊恐地围着一个中年女人，不敢走开，而那女人正毫不留情地殴打一个看起来只有四五岁的孩子。仔仔暗暗观察了近半个小时，认为其中一定有蹊跷，此后，他多次向卖花儿童买花，并借机与他们聊天。

为了不让人起疑，仔仔在"宝贝回家"的论坛上征了一个"女朋友"，一同买花。两个月的调查，仔仔拍录了许多影音片段作为证据。一天深夜，他和警方在白云区花童住所，将两名犯罪嫌疑人抓获，解救出 4 名被拐卖的花童。当一个孩子告诉他"今天是我 11 岁的生日"，七尺男儿落下了泪。仔仔离去时留下 50 元钱，叮嘱警察替他给孩子买个生日蛋糕。

此后，仔仔常在网上搜索出售孩子的信息，主动和人贩子联系，谎称自己是买主。2008 年 11 月，他从广州飞到山东枣庄，和当地的人贩子交易时，因行事老练，竟被对方当作同行，他将错就错，干脆要求对方多找几个孩子，一起"带到香港"。那一次，仔仔带着刑警队长用旧报纸叠出的厚厚"人民币"去见人贩子，仔仔在明，警方在暗，4 名人贩子被当场抓获，一名出生仅 3 天的女婴被解救。

"宝贝回家"成立至今一共解救了五十多名失踪儿童，被志愿者们称为"五十多个奇迹"。这其中，仔仔就解救了 40 名。两年多来，他自费跑遍了江西、河南、四川、辽宁、甘肃等地。他好独行，被网友们称为"侠客"，但许多时候，他觉得无助。

民间力量的无奈

2009 年 7 月，仔仔在网上搜到安徽的一名男子出售婴儿，他约男子到广州交易。交易过程中，仔仔发现婴儿正是这 22 岁的男子亲生。

仔仔亮出身份后，男子痛哭流涕，他说因为穷，无力养活孩子，只得出售。是夜，仔仔和几个志愿者对男子轮番说教，劝他别再打孩子的主意，志愿者们凑了 600 元钱资助男子，可男子刚回到安徽，就发短信给仔仔说，钱花完了，让仔仔帮他的手机充值。仔仔照办了。但第二天，另一个志愿者又收到了男子相同的信息。

男子说，如果日子过不下去了，他还会出售婴儿。这让平时节衣缩食、对自己很苛刻的仔仔感到头疼。"我可以解救被拐卖的孩子，但接下来的事情找谁？怎么办？凭我个人的力量，我能救助几个孩子？"类似的情况北京的志愿者也碰到过。

2009 年春，几个志愿者在北医三院门口解救了一名被灌药而昏迷的女童。志愿者将怀抱女童乞讨的可疑妇女扭送到派出所，天渐渐暗下来，女童该归置何处，没有人给志愿者一个答复。警方联系了救助站，救助站的回答是："有残疾吗？没有残疾，我们不能收。"警方又联系未成年人保护中心，他们的回答是："是孤儿吗？不能证明是孤儿，我们不能收。"一直到半夜，在多方沟通下，未成年人保护中心才答应暂时收容女童。

志愿者们散去，最初解救女童的成就感慢慢消失，是啊，"我们救了孩子，但是接下来他们往哪里去？"

几个部门都能管，但通常几个部门都不管。

很多志愿者都经历过看到乞讨的孩子就报警，但有些警察会出警，有些警察则会说他们"闲着没有事做，来捣乱"，更多的是互相推，让志愿者找民政，民政让找城管，城管回过头又让找警察。

有些志愿者开始责怪"宝贝回家"本身，张宝艳常一边打字一边哭，"作为民间组织，我们的力量有限，太难了"。

太多社会问题涉及其中。

这涉及收容站、救助站的制度。上海的一名志愿者曾解救过一名盲童，盲童后来被送到救助站，人贩子跟踪到救助站谎称是盲童的"大伯"，救助站随即让盲童跟人贩子走，没多久，志愿者又看到盲童出现在大街上行乞。

类似的，还有今年 5 月志愿者在北京王府井解救的一个乞讨儿童，经调查，是他的亲生父母把他给送出来的，这便又涉及强迫子女乞讨是否属于犯罪。

"宝贝回家"网站有 3000 多条寻子信息，目前只解决了 4 条。而年纪最大的生于 1973 年，今年已经 36 岁了。根据公安部公布的数字，我国每年失踪儿童的数量在 2000 例到 2500 例。

这一切越来越让志愿者们意识到要改变策略，正如一米阳光所说："我们不能解决根本问题，我们所能做的只是累积效应引起政府的重视。"

怎样引起政府的重视？

让宝贝更快回家

志愿者小麦思索这个问题时，正在王府井的一家书店。

书店的大喇叭响着，读者纷纷往书店的某个位置集中，小麦抬起头，仔细听广播："著名表演艺术家濮存昕签名售书活动即将开始。"

小麦往签售处走去，读者重重包围，她根本看不见濮存昕。小麦灵机一动，濮存昕有这样的号召力，如果由他来倡导、宣传，宝贝也许能更快回家。她走到一旁，买了一本书，一边排队，一边找出纸笔，唰唰写下"宝贝回家"的相关信息及自己的联系方式。当她排到濮存昕面前时，抓紧时间沟通，并把纸条交给了他。

小麦走出书店，松了一口气，她打电话给同是"宝贝回家"

志愿者的张志伟律师，张志伟和小麦一样充满希望，但又不禁担心，濮存昕会理会他们吗？

张志伟同时兼任"宝贝回家"的法律顾问。

他曾在兰州铁路中级人民法院刑事厅做过几年法官，基层执法经历让他常从政策角度考虑问题，加入"宝贝回家"后，在他的倡导下，"宝贝回家"曾组织过数次解救流浪乞讨儿童的行动。行动中，张志伟意识到警察和民众之间沟通不畅，立案程序过于复杂，使得解决儿童失踪这一问题变得障碍重重。他不止一次和小麦及其他志愿者讨论过，只有推动政府立法、政策改革，才能推进"宝贝回家"的进展。

没想到第二天，小麦便接到了濮存昕的电话。

小麦和张志伟带着大叠资料和濮存昕面谈，拐卖孩子的惊人数据；丢失孩子的家长蘸着血泪写就的寻亲信；照片上，一个个扭曲着身体的、端着破碗乞讨的、拿着残花出售的孩子们让濮存昕的面色越来越沉重。

张志伟还交给濮存昕一份他起草的《关于中国失踪儿童问题的分析报告》，这份报告后来被公安部有关领导称赞为"有思想""有见地"，就是这份报告，促成了濮存昕在随后的"两会"上提交了关于杜绝儿童拐卖、乞讨的提案。

同时，人代会上有 60 名全国人大代表联名向大会提交了救助失踪儿童的提案。

这些提案将"宝贝回家"、被拐儿童拉到了公众视线前。

2009 年 3 月 13 日，在央视 12 套《大家看法》节目中，濮存昕说:"很多流浪儿童的状况非常触目惊心。看到这些孩子的惨状,难道不要强制地去救助他们吗?"节目产生了广泛的影响。

2009年4月9日,公安部在全国范围内部署了打击拐卖儿童专项行动,根据张志伟的《关于中国失踪儿童问题的分析报告》,公安部采纳了诸如建立DNA数据库,发A级通缉令追捕人犯等建议。

2009年4月26日,公安部准备进行全国范围内的打拐活动,张志伟、仔仔等志愿者与公安部的领导座谈,共同探讨以后警方与"宝贝回家"如何加强合作,共同打击拐卖儿童的犯罪行为,并沟通决定建立长期的合作机制。

接到公安部领导电话的那天,张宝艳激动得大哭了一场。

现在,根据"宝贝回家"志愿者的建议,警方进行了相应的制度改革,家长们赢得了最宝贵的"黄金24小时",在全国范围内建立起DNA数据库。

同时,志愿者们正致力于推广儿童失踪快速反应机制。一旦家长因儿童失踪向公安机关报案,无论是否涉及刑事犯罪,公安机关均应立即立案,并马上启动相应的儿童失踪救寻机制,动用公共资源和警力找寻失踪儿童。

他们还有更大的梦想。"宝贝回家"的新主力张志伟在博客上写道:"我想成立中国失踪儿童基金会,这个基金会的目的,主要是为了长期资助那些失踪儿童的父母,解救流浪乞讨儿童,找寻失踪儿童，并开展相关的反拐和防拐预防工作。"

宝贝们都找到了

现在的"宝贝回家"网站，志愿者已有一万多人，覆盖全国三十多个省（市、自治区）。

网站有"家寻宝贝"和"宝贝寻家"两部分，"家寻宝贝"中，遗失儿童的家长可以贴出孩子的相关信息；而"宝贝寻家"中，志愿者们上传了许多在街上拍摄的行乞儿童照片，还有一些是已长大的宝贝根据自己依稀的记忆寻找亲生父母。

有人问张宝艳，当初她关于被拐儿童的剧本最终结局是什么？她说："我写了两个孩子，一个找到了，一个没找到，但最后我认为要给家长希望，剧本的结局，宝贝们都找到了。"

2009 年 7 月，"宝贝回家"志愿者群里，志愿者在争论。

北京的志愿者在街上发现一名年轻女性怀抱男童乞讨，他们上前盘问，意外地得知年轻女性名叫陈艳玲，湖南永州人，怀中男童正是她的儿子张宇。

一岁半的张宇去年 9 月不慎在玩耍中倒栽在水桶里，虽及时抢救，但大脑细胞严重缺氧坏死，从那时起便出现睁眼昏迷的症状。

陈艳玲四处求医，来到北京，连 30 元一晚的地下室都住不起，只得上街乞讨。

"宝贝回家"的志愿者看着小张宇睁着一双大眼睛却什么也看不见，不由得难过起来，他们发动了为张宇募捐的活动。有志愿者说："我是个母亲，我不能看到孩子受苦。"

但也有志愿者提出异议，"宝贝回家"的主旨是解救被拐儿童，"这是不是超出了我们的救助范围？"

志愿者分成两派，争论渐趋白热化。

站长张宝艳站出来："我支持资助小张宇。'宝贝回家'不仅是送乞讨、拐卖、流浪儿童回家，我们要把看到的每一个宝贝都好好地送回家。"

记者手记

采访结束前，面对如此沉重的话题，我试图给自己找些安慰。

我对一米阳光说："值得庆幸的是，在北京，拐卖孩子的现象不太严重。"一米阳光回答："北京？你不知道上个月××小区有个3岁的孩子被人贩子生生从奶奶怀里抢走吗？"我吓了一跳，她所说的小区正是我所居住的，而这还不是唯一的一起。

第二天，我坐地铁上班，刺耳的音乐声传来，我往车厢的那头看，一个独臂高个男孩拿着话筒唱歌，后面跟着一个步履蹒跚的老乞丐正伸出手朝乘客要钱。他们是什么关系？男孩的家在哪里？他的亲生父母是谁？他是不是被拐卖的？直至男孩和老乞丐走远，我的疑问还没有消散。

出地铁，走在天桥，一旁的妇女抱着孩子跪在地上乞讨，铺在地上的白纸上写着她的种种遭遇。如果我没有记错，她在这里乞讨已经超过一个月，她怀里的孩子从没有睁开眼过。

我突然意识到，当流浪、拐卖、失踪儿童成为社会问题，它可能就发生在我们身边，我们谁也不敢肯定，会不会和它发生关系，能不能逃脱它造成的悲剧，这才是每个公民最大的恐惧。

我们不能在恐惧和侥幸中生存。

每个人天生都有追求理想和生活的权利，

这个权利不应当被任何一种力量剥夺，

它是现实世界和精神世界之间的一个天平。

追寻一缕时光 **/**

"蚁族"：一个时代的印记

◎ 廉 思

　　"蚁族"，是对"大学毕业生低收入聚居群体"的典型概括。他们以毕业5年内的大学生为主，平均年龄集中在22岁至29岁，九成属于"80后"一代。这一群体高知、弱小、聚居，目前是继三大弱势群体（农民、农民工、下岗职工）之后的中国第四大弱势群体。而且，他们目前尚不在主流媒体的关注之中，是一个庞大而又鲜为人知的群体。

　　2003年，我国首批扩招后的大学生毕业进入社会，与下岗再就业职工和民工潮汇聚成就业洪峰，造成我国就业压力空前增大。据统计，2009年大学毕业生的人数达到650万左右。而与此同时，我国社会正经历城市化、人口结构转变、劳动力市场转型、高等教育体制改革等一系列结构性因素的变化。所以近年来，在我国的大城市中，逐渐出现了一个"大学毕业生低收入聚居群体"。

这些年轻人都受过高等教育，其中既有来自重点大学的毕业生，也有来自地方院校、民办高校的毕业生；他们主要从事保险推销、电子器材销售、广告营销等临时性工作，有的甚至处于失业和半失业状态，全靠家里接济度日；他们平均月收入低于2000元，大多数没有"三险"和劳动合同；他们的人均居住面积不足10平方米，主要聚居于城中村、城乡接合部或近郊农村，形成独特的"聚居村"。

这一群体，据我们研究表明，仅北京地区保守估计就有10万人以上。此外，上海、武汉、广州、西安等大城市也都大规模存在。

之所以将该群体命名为"蚁族"，是因为这个群体和蚂蚁有许多相类似的特点。

首先，蚂蚁具有较高的智商。据相关研究表明，蚂蚁有25万个脑细胞，在所有的昆虫中是最聪明的。蚂蚁的高智商能用来描绘该群体所具有的"高知""受过高等教育"等特点。其次，蚂蚁属群居动物，一个蚁穴里常常有成千上万只蚂蚁，这也与该群体呈现出聚居生活的特征相吻合。此外，蚂蚁很弱小，但若不给予其足够的重视，蚂蚁也会酿成严重的灾害（如蚁灾），因此有人称蚂蚁为"弱小的强者"。

此外，蚂蚁还有许多容易被我们忽视的优点，而恰恰是这些优点，与这个群体有着高度的相似性。比如蚂蚁永不言弃的精神：如果我们试图挡住一只蚂蚁的去路，它会立刻寻找另一条路，要么翻过或钻过障碍物，要么绕道而行。还比如蚂蚁所具有的期待情怀：整个冬天蚂蚁都憧憬着夏天。在严冬中，蚂蚁们时刻提醒自己严寒就要过去了，温暖舒适的日子很快就会到来。此外，蚂蚁还有勤勤恳恳、全力以赴的工作态度等等。这些特点，都是"大学毕业生低收入聚居群体"的真实写照。

与现实生活中"蚁族"的庞大数量相比，在社会关注度上，"蚁族"却是一个极少为人所知的群体。现在社会上经常出现的是以"农民、农民工、下岗职工"为主题的媒体报道和学术研究，而有关"蚁族"的学术研究和媒体报道却寥寥无几。他们既没有被纳入政府和社会组织的管理体制，也很少出现在学者、新闻记者的视野之中。在某种程度上，这是一个被漠视和淡忘的群体，这是一个少有人关注和同情的群体。

但"蚁族"在主流话语中的缺失，并不代表他们在现实生活中不重要。

"蚁族"可谓当今社会中"最为敏感的人群"：他们充满活力，满怀理想，或者雄心勃勃，具有挑战意识。大学教育给了他们知识和涵养，也曾经许给他们美好的未来。然而，工作后的境遇，聚居村的生活，青春梦想无处寄托，使他们不得不学会忍受焦虑且不具确定性的暗淡时光。但同时，他们乐观、开朗，相信自己的选择，情愿从底层做起，在慢慢的积累和沉潜中，期待着未来的爆发。

"蚁族"的境遇使人联想到一部风靡全国的电视剧——《奋斗》，社会上围绕其剧情和所产生的社会效应，展开了一些争论。

讨论得最热闹的是：这些刚毕业就开上奥迪或奥拓的年轻人是否就是我们想象中的奋斗者？这些看上去整天无所事事，打台球、泡吧的都市里长大的"80后"究竟在为什么而奋斗？不可否认，在一部分大学毕业生中可能会有这样的实例，这些人的父辈为他们打下了奋斗的基础，而他们也享受到了从父辈那里继承而来的种种优越条件，但是，就大学毕业生整体而言，能有多少人会有《奋斗》里男女主角那样的条件？其实，住在"聚居村"里的"蚁族"正在以实际行动诠释着"奋斗"的真正含义。刚毕业的他们面对生活显得捉襟见肘，但是这些能直面现实、接受现实的"蚁族"具有强大的精神动力，他们有自己的理想，而且在积蓄力量为实现这个理想而奋斗。

　　每个人天生都有追求理想和生活的权利，这个权利不应当被任何一种力量剥夺，它是现实世界和精神世界之间的一个天平。身为"蚁族"的他们，在现实生活中得到的很少，但在精神上很富有，就像"蚁族"自己所说的："我并不认为我是失败者，我只是尚未成功！"

贺岁片的前世今生

◎ 许大明白

"贺岁片"的概念源于香港。

自 20 世纪 80 年代开始，每到年末，香港一些明星就自发地凑在一起拍个片子，攒个大团圆的喜剧故事，不拘内容、不求深刻，也不顾形象、不计片酬，旨在搞笑，逗观众开心。而且每到故事结束，明星们都会来到镜头前满脸堆笑地拱手作揖，说些"恭喜发财"之类的吉祥话，或者拿张大红纸刷地展开，上书"福禄寿喜"一类的祝福语，《家有喜事》《八星报喜》《东成西就》便是其中的代表作。

贺岁片初始多以耍宝、搞怪为主，最早是黄百鸣等开贺岁片先河的先辈领衔，几年后周星驰后来居上，《唐伯虎点秋香》《大内密探零零发》等都取得了惊人的票房成绩。

除了无厘头喜剧天才，香港还有一众功夫巨星，对他们来说，只一味搞笑不施展一下身手太可惜了，所以没多久，动作喜剧也加入贺岁片的阵营。而第一次以"贺岁片"的名义引入内地的影片就是 1995 年由成龙、梅艳芳主演的《红番区》。结果这个孤胆英雄在异国他乡勇斗黑手党的故事一炮打响，票房收入节节高升。这一成绩让整天哀叹电影业不景气的内地导演们活活羡煞并羞愧不已。

内地贺岁片异军突起

最早醒过味儿来的是冯小刚。这个"西粮太守"（冯小刚曾在西直门粮库工作）最早做导演时拍的号称要"媚雅"的电影《永失我爱》遭到观众冷遇，《一地鸡毛》《月亮背面》等电视剧更是连遭封杀。闭门苦思之后，冯导决意改换门庭，于是乎《甲方乙方》横空出世。该片以王朔的小说为蓝本，用诙谐幽默的语言，通过一连串的误会、笑话和引人入胜的情节，在轻松愉快的气氛中讲述了一个个令人捧腹和温暖感人的圆梦故事。

这部电影投资 600 万元，最终获得了 3600 万元票房。冯小刚也因此成为内地贺岁片第一人，并初步奠定了冯氏幽默的风格。

自此以后，冯导举着贺岁的大旗，干得风生水起。与张艺谋、陈凯歌这些被著名电影奖项肯定过的导演不同，冯小刚是以普通观众的口碑建立起自己的电影风格的，平民策略和都市小人物的欲望表达、京味十足的调侃、商业化的流程运作及故事中流露出的对生命和情感的反思、对生命尊严的关怀和淡淡的感伤，使观众和他的贺岁片之间没有距离感，很快形成了固定的观众群。

另外，冯小刚的成功还得益于他能抓住时下最流行的话题和社会热点问题，并通过幽默的调侃进行刀刀见血的解构。比如电影《手机》中以辛辣的笔调描摹现代通讯的发达给人类带来的压迫感，《大腕》中广告传媒的无孔不入造成的现实的滑稽感，都让人在大笑之余每每陷入沉思。

国内文艺圈最盛行的就是跟风，看冯小刚的贺岁片赚了钱出了名，文艺圈亦步亦趋、东施效颦者不在少数。找几个明星，琢磨个烂故事，拍完了贴个贺岁片的标签就号称要和冯小刚叫板，想从中分一杯羹。可贺岁片这玩意儿还真不是那么简单，先后涌现出的跟风的片子基本处于无人喝彩的尴尬境地。

贺岁大片与贺岁档期

转眼到了 2003 年，张艺谋汇集了李连杰、梁朝伟、张曼玉、甄子丹、章子怡等大牌明星，以"刺秦"为题材拍摄的《英雄》划时代地创造了一个票房营销奇迹，全球收入高达 1.77 亿美元。而这也是张艺谋追求宏大的影像叙事风格的开始。

片子怎样、立意如何姑且不论，但切实的收益委实让人眼红。张伟平的新画面也成为国内"大片"的始作俑者。其后国内影坛《十面埋伏》《无极》《满城尽带黄金甲》等投资巨大的作品相继出炉。

到了这个阶段，贺岁片已经慢慢变脸串味，无复贺岁色彩：

《英雄》中无名大义凛然的万箭穿身、《十面埋伏》里小妹千年老妖般的垂而不死、陈凯歌《无极》中绚烂无比的宏阔场景、《满城尽带黄金甲》里那爱恨交织的刀光剑影，多少与过年的喜庆气氛不太搭界。

在这种情况下，电影人自己可能也觉得硬说自己拍的是贺岁片有点不好意思，所以就改说是在"贺岁档期"上映。这个说法提出之后，贺岁档期不断开疆拓土——到了现在，过年前后这4个月都被归入贺岁档。

这就出现了一个有意思的现象——贺岁档期演的片子，有时虽打着贺岁片的招牌，实际上却和贺岁过节八竿子都打不着。以2007年贺岁档为例：陈可辛的《投名状》中的兄弟三人原本义结金兰，最终却互相残杀；讲述为解放战争中牺牲的英雄正名的《集结号》，前半部分更是血肉横飞。大年三十如果这几部"贺岁档期"的片子连着看下来，不要说笑，估计连寻死的心都有了。

这倒也不足为奇，与其说自己是部贺岁大片，不如说是在贺岁档播的片子更让人舒服。贺岁档期上映的大概也该算贺岁片，观众们忙，谁也不会主动去较真。（需要提出表扬的是，2009年年底的《三枪拍案惊奇》或许算是真正意义上的"贺岁片"，齐集了贺岁片的诸般要素，导演水准也可以和黄百鸣等人早期的贺岁片媲美。）同时，贺岁档期的大片都有个共同的趋势和特点：投资越来越多，阵容越来越强大。《无极》甚至囊括了中、日、韩三国的当红明星，称雄亚洲市场的野心暴露无遗。而且，诸多大片在影片的前期宣传投入上更是不惜血本，有些片子甚至曾砸出 1000 万举办一个首映礼。在这种高投入才有高产出的残酷竞争环境中，以表达个性价值判断和自我诉求为出发点的小成本电影完全失去了证明自己、与强势阵容博弈的可能。

"始作俑者"的没落与尴尬

除了称谓，贺岁片还有另一个变化，那就是香港这个贺岁片的发祥地日渐没落，拍出来的贺岁片在内地越来越没有市场。2008 年的《家有喜事 2009》由黄百鸣花 4000 万打造，吴君如、古天乐等明星加盟；而《游龙戏凤》更是由刘德华、舒淇领衔，以赌王何鸿燊与四姨太梁安琪的爱情故事为蓝本。

两部片子明星腕儿也算大，阵容也都还不错，噱头更是十足，可与《非诚勿扰》《梅兰芳》相比，它们却显然不是一个重量级的。

况且，好莱坞大片也无孔不入，有事没事地抢滩贺岁档。2009 年年末，一部《2012》弄得刘仪伟导演的号称"中国版《哈利·波特》"的《火星没事》票房遇冷，李湘夫妇打造的《熊猫大侠》乏人问津，大多院线上了两场就匆匆下线了。

徒弟们有了出息，师父却快被饿死，市场就是这么残酷。好在香港人并不居功，这让影迷对香港影人不得不怀有一份敬意。

我一直认为，贺岁电影的兴起跟社会环境的变化及国民性格有关。香港人多年前生存压力就已经很大，需要释放和疏解的途径，故而大都注重年节时的消遣和放松，因此才有了不费脑子、只图乐子的贺岁片，因此为内地影人所不齿的无厘头喜剧才能在香港诞生并大行其道。而到了 20 世纪 90 年代中期，随着市场经济的发展，内地人也感受到了无所不在的竞争和生存压力，贺岁片的土壤就此变得肥沃起来。

只是，经过多年的发展，在如今这个成本和明星效应的血拼时代，贺岁档期中真正的贺岁片已是越来越少，无数大片靠巨额的投入、不惜血本的宣传和炒作霸占了"贺岁档期"院线中的大多数银幕。鸠占鹊巢也好，喧宾夺主也罢，真正意义上的贺岁片的萎靡不振已是不争的事实，这让人对它们曾给我们带来的快乐充满感激之余，不禁发出一声叹息。

流行语：我与改革开放 40 年

◎ 蔡　成

1978 年至 2018 年，中国改革开放 40 年。

读相关报道，突然意识到高考、铁饭碗、停薪留职、打工仔、深圳特区、出国、移民……这些曾经火热的流行词，我自己竟然都与之有关，或者说，我俨然是最佳的诠释者。

高考

1978 年，我入学堂门，读一年级。

前一年，中国恢复了中断 10 年的高考。"知识分子都是臭老九"的口号终于被"尊重知识，尊重人才"取而代之。

那一年，我们村出了第一个大学生，叫孟志强。他考进湖南大学，在当地引起轰动。他是村里上溯三代都穷得叮当响的农民。

孟志强大学毕业后留校任教，成为教授，还曾出任过宁乡县副县长——他肯定清楚高考改变了他的命运，却未必知道，因为他考上了大学，40 年内，我们村有超过 100 名学子通过高考改变了自己的命运，继而改变了整个村子的命运。自他之后，好学重教一步步发展成为我们村的传统。从我上学那天起，老师就把孟志强的名字挂在嘴边。"好好学习，天天向上"在我们眼里不是标语，而是鞭策，更是实实在在的诱惑。老师每天督促我们要认真学习，努力攀登，随即给我们指明一条阳光灿烂的"孟志强之路"：刻苦读书，参加高考，上大学，从此告别又苦又累的农村生活。榜样的力量是无穷的。包括我在内，我们村（湖南省益阳市岳家桥镇金盆桥村）年年都有人通过高考洗干净脚上的泥，进城读书，命运被彻底改变。粗略统计，村里走出去的大学教授、高级工程师、律师、作家、官员、富豪约 20 人，无一不是当年读书成绩好、顺利跨过高考、户口由农转非的人。高考这座独木桥，今天看来，尽管有这样那样的弊端，但的确是无数农村子弟改变命运的最佳途径。

停薪留职

1993 年，我走出校园，被分配到宁乡县轻工业局上班。但我没去报到，而是揣着毕业证、身份证南下深圳。没和我商量，我那嫁到长沙的大姐去轻工业局给我交了一年的停薪留职费，600元。第二年，我亮出态度：轻工业局的工作，我不要了。听说我要砸了铁饭碗，我妈忧心忡忡，可终究拗不过我，也就作罢。斩断退路的我，在深圳市总工会下属的一家文化公司打工。后来这个"泥饭碗"我也不要了，我用80元钱起步，先摆地摊卖报纸，继而卖杂志和书，接着开店做图书批发零售，再进一步就是闯进书刊发行行业，最后干脆自己写书。因为改制，宁乡县轻工业局早已不存在了。某次回国与同学聚会，一个当局长的好友突然替我假设："如果你当年留在宁乡，少说已是个局长，凭你的笔杆子，甚至可能已是县委常委了……"我大笑。人贵在有自知之明。我一直觉得以前我是个明白人，以后，我会更明白。

深圳特区

在学校的时候，我就喜欢读书和写作。到深圳打工时，偶尔会利用业余时间写作、投稿。在深圳，我的第一篇文章变成铅字是在1994年。那篇文章是《一个打工仔的宣言》，发表在《深圳人》杂志。文章的最后一句，我记忆犹新——"过几年，大家会认识一个和鲁迅等身高的人，他的名字叫蔡成。"现在想起，脸红了3分钟。太狂妄了，狂妄得没边。但在当年的深圳，没人讥讽我。打工时的同事小孙，北京大学肄业，他的理想是当共和国的总理；新疆人韩强，曾骑自行车周游全国，他的梦想是40岁骑自行车走遍世界；有一个忘了名字的兄弟来自浙江，他说35岁前要赚到 1000 万；还有个哥们儿，天天叫嚣着非娶王祖贤不可……没有人嘲弄这些美丽的梦想。晚上，我们在宿舍里，不用喝啤酒，几杯水下肚，也能生出无限激情，争先恐后地描绘明天的美景。没有人会怀疑梦想无法成真。深圳，火热的特区，就是这样一块土地。你丢进去一块冰冷的石头，也会熊熊燃烧。改革开放之初，敢于闯深圳的人都有破釜沉舟的勇气、纵横千里的魄力、左右逢源的智慧和蓬勃向上的朝气。特区则用无处不在的机遇、海纳百川的胸怀向我们张开双臂。到深圳的第六年，我买了房，当时每平方米不到 4000 元。今年有同学向我打听后来深圳那套房子多少钱卖掉的，我如实汇报，每平方米 3 万多出的手。他长吁短叹，说："你不急于出手就好了，现在已经涨到每平方米 8 万啊！"我笑着给他算账：1993 年我在罗湖火车站下车时，口袋里只有 124 元。当年我睡过一宿草地。我离开深圳时，在带花园的房子里已经住够 10 年。我卖房子时，房价已经翻了 10 倍。利润有多少呢？直接减去 124 元，多余的都是纯利润。其实，还有账没算。入深圳时，我是光棍；在深圳，网恋 3 个月后，我与一名兰州女孩结婚，而今，她已是蔡家三位千金的妈。入深圳时，我的心里只有写作梦；离开深圳去悉尼前，我已经出版了 4 本书。歌里唱道："1979 年，那是一个春天，有一位老人在中国的南海边画了一个圈。"圈画好后，千军万马奔向这里。只要你不退缩，坚持五年，面包会有的，牛奶也会有的。深圳成就了无数人的梦，我不过是其中的一个幸运者而已。

出国移民

2006 年，飞机在香港机场起飞，目的地是悉尼。飞机上，有我和挺着大肚子的妻子。到今天，我已经在澳大利亚生活了12年。好多研究资料表明，改革开放40年来，中国有两次移民浪潮。一次是20世纪70年代末的"留学移民浪潮"。当时，国门打开，很多青年学子，或公费，或自费，留学海外。他们中的许多人，毕业后选择留在异国。一次是现在，以富裕阶层和知识精英为主，采取投资移民或者技术移民的方式，奔向欧美和大洋洲的发达国家。我曾在一篇文章中谈及出国移民的事。我说，我的父亲曾经因为走村串巷卖东西，被当作投机倒把分子接受批判。现在呢，再没有人将你禁锢在巴掌大的土地上，你可以在国内自由迁徙，只要你有能耐，也可以给自己插上翅膀，飞向异国他乡。思想开放了，整个地球就成了一个自由村。

我们不是复古，不是大民族主义，更不是为了培养国学大师，只是通过长期实践发现，幼儿读经能够开启智慧，培养德行，仅此而已。

不培养国学大师?

——默默存在的小私塾

◎ 一 盈

2008 年 11 月《北京晨报》报道: "在北京山麓隐匿着近十所私塾, 200 多个孩子像古人一样在深山里接受最传统的国学教育。"

在这些"现代私塾"中, 位于昌平的香堂孔子学校及京北天通苑的知谦学堂是颇具代表性的两个, 以幼儿诵读传统文化经典为教育模式, 全日制教学。

电话打到香堂, 学校负责人竟然很不客气: "我对媒体并不感冒, 你最好不要擅自来参观, 没人接待, 我也不允许老师随便接受采访。"

感觉愕然, 对方解释: "因为如果不对读经教育有深入了解, 你写出的文章必定有失偏颇, 就像某些报道那样, 只能造成很坏的影响。"

再给知谦打电话，受到热烈欢迎："请随时来参观，我们这里一切透明。"

我们不是复古

知谦学堂位于天通苑南站，紧邻地铁 5 号线。学堂没有树广告牌，没有印宣传册，甚至连名称也没有标示。

在一幢普通居民楼的一层，学堂由相邻的两套三居室打通而成，200 多平方米。门前花园也被打通了，天气好的时候，这里就是孩子们的乐园。

走进学堂，恰逢小班下课，一群三四岁的小朋友抱住老师团团转。隔壁大班还没下课，正在老师的带领下诵读英文。

翻开教材，竟然是莎士比亚的《仲夏夜之梦》，原版！孩子们都只六七岁光景，最大的也不超过 10 岁。

墙上贴着作息表，以大班为例，作息时间如下：6：00 起床，6：30 开始早课，齐读《诗经》，上午反复诵读中英文经典，11：30 午餐。午休两小时后开始下午的功课，依然是诵读中英文经典，上书法课，17：30 晚餐。19：00 开始上晚课，齐读《诗经》，20：30 洗漱就寝。每周一、三、五学习太极拳，二、四学习武术。

这里的中文经典对于小班而言，是指《三字经》《弟子规》、"四书"，大班则增加《金刚经》《孝经》等传世经文。英文经典指莎士比亚戏剧、《圣经》、泰戈尔诗文等。小班作息比大班宽松，除了没有早课与晚课，课间休息时间也长很多。

教室四壁被贴满了。高处覆以"四书五经"中的名句，中间是中国古代著名碑帖精选，较低处贴满中国传统名画，最显眼处是一幅孔子像。每天早晚入学堂读书，孩子们必须行孔子礼。

生活区域摆放了上下床，清一色的绿色小被子叠放得整整齐齐。生活老师介绍，秋冬季孩子们于12：00午休，春夏会稍稍推后，基本符合中医养生"子午觉"的理论。

这天恰好是腊八，午饭时，厨房老师准备了腊八饭，配以豆浆和银耳汤。开饭前，大家齐诵感恩词："一粥一饭，当思来处不易；半丝半缕，恒念物力维艰……"

阳阳今年5岁半了，吃相又快又好。老师说，阳阳3岁半来到学堂，两年过去，已经会背《大学》《中庸》《老子》《论语》及《金刚经》了。

4岁的苗苗也读了两年私塾了，目前已经背完"四书"。知谦刚刚成立时，爸爸便把当时才2岁的女儿送来读经。事实上，苗苗并非知谦最小的学生，最小的是睿睿，被送来时才1岁8个月，连话都还不会说。经过一段时间的适应，睿睿张口说话时，出口便是《大学》。

如此年幼，却学得如此艰深。太多人表示不解，"现代私塾"的兴起，是科学还是摧残？

"1和telephone相比，孩子会记住哪一个？"赵仁宇，目前知谦学堂的负责人提问，"很多人以为是1。错了，幼儿是一张白纸，没有难易之分。对于孩子来讲，这两个难易相当。"

所以，在孩子最年幼、记忆力最强的时候，通过跟随老师朗诵传世经典，日复一日，默默酝酿，总有一天会豁然开朗。而这，便是私塾读经理论之核心。

"我们不是复古，不是大民族主义，更不是为了培养国学大师，只是通过长期实践发现，幼儿读经能够开启智慧，培养德行，仅此而已。"

民间教育是时代多元化的需要

目前，知谦学堂共有 15 名学生。其中大班 10 名，年龄为 6 岁到 10 岁；小班 5 名，年龄为 3 岁到 5 岁。家长可以每日接送，也可周末接送。前者每人每月收费 2000 元，后者 2500 元。

谈起私塾成立的初衷，赵老师表示"很单纯"。"2008 年 3 月，几个好朋友达成共识，为自家孩子开辟一个学习传统文化的场所，类似过去的私塾，几家人联合聘请一个私塾先生。"

从成立伊始，知谦学堂便带有浓厚的家庭色彩。学生只有 5 名，都是朋友的孩子，还有 4 名教学老师，一名生活老师，两名厨房老师。

随着幼儿读经被公众所知，越来越多的家长慕名而来，有的甚至在天通苑租房子。2009 年夏天，学堂孩子已达 40 名，老师 9 名。

然而，知谦没有扩大，反倒缩小了规模。

"只保留15名孩子，"赵老师沉思，"因为发起人的孩子仍在知谦读书，大家不想商业化。再说私塾只能是小规模，否则难以保证品质。"

在公众看来，天真烂漫的孩子难以忍受枯燥的私塾教育，然而，知谦似乎是另一种光景。一位从德国回来的母亲在博客中写道："本来6：00接孩子，可没几天，孩子告诉我晚点接，因为他要玩，还要写日记。我很好奇，这么小的小孩子能记什么，后来一看，果然不得了……"

关于学生的家长，赵老师表示，高层次的居多。一位家长是西城某重点小学的老师，假期送孩子来读经，开学时竟让孩子放弃小学，保留学籍，只在知谦接受私塾教育。而放弃义务教育，也成为对"现代私塾"最大的诟病。

"这个问题不严重，因为知谦的孩子多采用保留学籍的方式来这里，可以随时回学校读书。私塾的孩子与学校并不脱轨，因为从小接受艰深的学问，反过来再学那些简单的，易如反掌。所以，私塾的孩子回到学校，很多都跳了级。"

曾经有一位妈妈送孩子读私塾，入小学时，妈妈告诉孩子，你可以直接读三年级了。

余老师是知谦学堂的英文读经老师，也是一位怀有4个月身孕的"准妈妈"："这里的孩子很单纯，很有定力，没有外面孩子那些不好的情绪。不是说差一点点，而是差太多。所以，我很庆幸宝宝诞生在这种环境中。"

是家长，又是老师，类似的例子不胜枚举。

曾经有一对中医夫妇送孩子来读经，后来索性关闭老家诊所，把家搬至北京，业余为知谦学堂义务诊疗，普及中医养生知识。

还有贾女士，见到她时，正在佛堂上贡品，细聊起来，得知她竟然是物理博士，曾经是中国航天部科研人员。因为孩子来读经，自己竟然放弃工作，来到知谦出任一名普通老师。

目前，她的孩子 6 岁了，已经读了两年经。"我的孩子感觉很快乐。很难说孩子变化了多少，起码他更注重德行。"

贾女士透露，由于知谦的家庭模式，学堂经常陷入资金困境。"资金紧张时，老师们宁愿暂时不拿工资。如果传统文化真能得以复兴，不应该漠视这些小小的私塾和普通的老师的功劳。"

赵老师说："我们纯粹是家庭模式，不涉及商业。去年温家宝总理在教师节上的讲话给了我们很大的信心，民间教育不是违法，而是时代真正多元化的需要。"

不可承受之轻

◎ 丁 佳

"委员会一致通过你的答辩，请问你现在有什么感想？"

"我首先感谢……其次感谢……最后还要感谢……"机械化地背下一串名单之后，安心下意识地鞠了一个躬，连她自己都感到意外。

随后她和评委们彼此相视而笑。她很明白，这些笑容也不过是例行的程序而已。

没有谁的心真正留在这间闷热的会议室里。

夹缝

安心收拾起那一大堆材料胡乱地塞进书包，一脚踏进外面的艳阳天。走着走着，安心蔫了下来，她不合时宜地拖着脚，和周围聒噪生动的环境大相径庭。

今天一过，安心聊以避难的一扇门就正式关闭了。安心有些愤恨地回忆着从小学到研究生 19 年从未间断的求学生涯，她已经习惯了被敲锣打鼓夹道欢迎着从一所学校接纳到另一所学校，如今一切戛然而止，她感到自己身上的运气一下子不够用了。

回去再投份简历吧，她边走边想。

去年秋天，安心投出了第一份简历，一个外企的实习职位。对方很快来了面试通知，让她有点受宠若惊。

跳上公车，晃荡了两个小时来到繁华的市中心。一个漂亮干练的女白领接待了她，自我介绍说是公司亚太区市场部主管。果然，一进电梯，女白领就开始叽里呱啦说起了英语。

安心缩了缩脑袋，慌忙划拉起脑海里压箱底的应急口语，手心不免有点冒汗。电梯门重又打开，女白领带头走了出去，安心在后面，偷偷整理了一下蹩脚的发型，把手心里的汗蹭在裤子上，就跟了出去。

到了咖啡馆，正是饭点，好多真假老外都跑进来吃饭，只有她俩在煞有介事地面试。坐定了，安心才仔细看了看满口 ABC 的女白领：眼珠子有点往外鼓，典型的长期近视症状；脸上的妆容很精致，黑眼圈遮盖得一点都看不见；手指细长，说话的时候像美国人一样夸张地飞舞着。

女白领滔滔不绝地说着，还掏出一份材料让安心翻译。此时的安心却有点愣了神，她已经不太清楚自己到底要不要成为女白领那样的人，或者更彻底一点，这座高档写字楼里所有批量生产出来的白领：戴着隐形眼镜的近视眼，完美无缺的妆容，眉飞色舞的神态。

安心最后和女白领握手告别的时候，发现对方的手冰凉得出奇，简直有点恐怖。

她一下子明白了，女白领何尝不是在夹缝中摇摇欲坠地活着，一边是人人羡慕的高薪职业，一边是掩藏起来的真实自我。

也许那一刻，没有谁的心真正留在那间优雅的咖啡馆里。

户口

罗利亚的男朋友是北京人，但她比任何人都更想谋一份带户口的工作。

罗利亚有自己的苦衷。她是研究生，男朋友是本科毕业，但每次和对方的家人见面，都让她多少有些抬不起头。在一次次的暗示中，罗利亚发现那些亲戚认定她谈这场恋爱，无非是想跟着男方混上一个北京户口——他们似乎很难理解罗利亚这样的高学历怎么会看上一个各方面都普普通通的男孩。

背负着这种扭曲的观念，罗利亚踏上了她的求职之路。公务员考试、村干部、社区工作者、国企、事业单位……目的只有一个——北京户口。

第二次走进某局的大门时，罗利亚手里攥了一张批条，她几乎可以确信，这次一定能见到处长本人。

与上一次的闭门羹相比，这次处长对罗利亚的态度出人意料的和善。他招呼罗利亚坐下，还简单地问了她的一些情况：谁介绍她来的，学历和专业，将来想做什么等等。

然后他换了一副语重心长的神态："姑娘，我不瞒你说，我们这种单位，'水'是很深的。说实在的，每天递条子来的人很多，但也是要按大小排序的……"

这样的说辞，罗利亚见得太多了。所以她立刻就明白了处长的意思：她左求右托弄来的条子，也只能带给她一个象征意义的分母。

于是她礼貌地道了谢，轻轻带上门走了出去。前前后后还不到 5 分钟。

到门口保卫室签出门登记表时，保安问罗利亚："来面试的吗？"

"嗯。"

"那你很了不起啊，很少有人能进来的。"

"哪里哪里，刚才你们处长还说我没戏呢。"

"喏，"保安指了指屋里的一厚摞纸说，"起码你比他们可强多了，那些人都是名牌大学毕业的呢。"

"那些都是简历吗？"罗利亚顺着他往里望了望，"我能看一眼吗？"

保安点点头表示同意。罗利亚进屋翻了一下那摞简历，找到了她第一次投来的那一份。

"这些简历送进来后给谁看呢？"

"哪有人看啊，"保安回答，"送来以后，就一直放在我这了。"

罗利亚想起处长刚才的话，突然觉得，这是一条没有尽头的食物链。

梦想

王小绰是个十分聪明且幸运的孩子，从初中开始就一路保送，从省内最好的高中到北京最好的大学，后来又去了中国最好的研究生院。

王小绰是同学眼中的牛人。每次听他讲拒掉 A 公司 B 公司的传奇经历，同学们半张着嘴的脸上全是崇拜。

"你最后选了哪家呢？"

王小绰猛地收住了嘴，脸色逐渐变红，简直有点害羞起来。最后他终于吞吞吐吐地说："反正我是转行了。"

"那你到底去了什么地方呀？"有人不太识趣地追问道。

"好吧……房地产公司。"

3 年以前，王小绰也是同学们中的焦点。不过那时，他给大家讲的故事却截然不同。他会说起一个人在青藏高原出差，晚上爬出帐篷，躺在草地上看星星，直到浑身冻僵的故事；也会描述在青海湖的一次短暂逗留，在玉树碰到的藏族姑娘，或是第一次撞见野牦牛的绝美瞬间。

那时王小绰的听众，也像现在一样，没见过世面一般地半张着嘴，脸上、心里都满是崇拜。

但是原因，好像已经悄悄不同了。

不知道有多少人，像王小绰一样放弃了钻研了 4 年、7 年甚至更长时间的专业，一头扎进更加热门的行当中去。而就这样丢弃掉 4 年、7 年甚至更长时间积累起来的欢笑、智慧和回忆，这究竟是王小绰们的无奈，还是"象牙塔教育"的悲哀？

没有人说得清究竟是什么东西，把王小绰身上的诗意迅速地抹去了；但可以肯定的是，这种东西也正在无数毕业生的身上蔓延，使他们在一个一个初夏时节，齐齐老去。

想要在这个城市拥有一间亮着灯的屋子，想要在拥挤不堪的地铁里寻找一种充实，想要在川流不息的人群中不显得特立独行，想要忘却孤独，填塞恐惧，夜不能寐。

这些年轻人，突然就这样被抛入洪流之中。

挣扎一番过后，便只好决定用奔波来安抚惊魂未定的心，来代替那些最为狂野的曾经的梦想。

一个保险业务员的自白

◎ 翟 南

> 保险的意义，只是今天做明天的准备；生时做死时的准备；父母做儿女的准备；儿女幼时做儿女长大时的准备，如此而已。今天预备明天，这是真稳健；生时预备死时，这是真豁达；父母预备儿女，这是真慈爱。能做到这三步的人，才能算作是现代人。
>
> ——胡适

这段对于保险的精妙议论是我在接受某保险公司入职培训时读到的。我突然发现保险公司还挺有文化，不像传说的那样不堪。我自诩多少读过一些胡适的著作，这段话却闻所未闻。

于是我转变了轻慢与不屑的态度，决定认真地对待保险公司的培训，不落课，不迟到，不早退。就像很多保险业务员推销保险时常说的"强制储蓄"那样，我开始强迫自己了解保险到底是怎么一回事。在已经成人后的十几年中，这于我几乎是从没有过的事情。自觉散漫惯了，回头仔细想想前半生稀里糊涂地自由过来，其实是毫无自由可言。

苏格拉底曾说，未经省察的人生没有价值。我借用一下：未经规划的人生不值得过。这是我在保险公司学到的第一课。但现实问题是，有几人会认真规划并有能力规划自己的人生呢？事实上，大多数人对自己的财务都规划不了，谈起人生规划实在太奢侈了。

以前或多或少接触过励志课程——就是所谓的成功学训练。从早先的拿破仑·希尔、卡耐基到现在的安东尼·罗宾等等，成功学和行销总是密不可分。有为青年也许是看不起这种学问的，加入保险行业以来，隐隐约约觉得，这些训练有实用之处。不妨换句大多数人都认同并爱对保险业务员说的话：被"洗脑"了。

我真的被"洗脑"了吗？我只是学会了换一个角度看问题。看看图书市场上，关于成功学训练的书籍数不胜数，良莠不齐而又层出不穷。为什么？人们真的需要励志吗？

当我结束培训正式成为一名保险业务推销员的时候，我发现这个问题的答案是绝对的：需要。细细想来，从小到大，我们自我激励或者受到的激励实在是不胜其烦。

但为什么这些激励竟然没有丝毫用处？可能是我们太懒惰或过于自以为是了吧。

保险业务推销员经受了这个世界上最多的白眼和误解，我作为一个新人，还没有尝到过这样的滋味。我看过一位好心的女士写的文章，她说她经常能看到一些年轻的面孔，穿西装打领带拤公文包，一脸的谦逊微笑，不用问，准是推销保险的。遇到他们，她总是尽量保持笑容但三言两语婉言拒绝。

她说她很不愿意与之遭遇，一是耽误时间，再一个是不想伤人，谁没点儿自尊呢？每天这样堆着笑卑微地面对众多的陌生人，遭受的多是白眼和不耐烦，心里的滋味一定不好受。做爹妈的看到自己的孩子这样游街走巷，风吹日晒，在寒风中瑟瑟，失望多于希望地工作，该多么心痛。

我之所以大段地引用这些话，就是因为对于保险业务员或者一个底层的中国推销员而言，这样的客户已经算是难得，能体会到生存不易工作不易的人该是多么的富有同情心。但另一方面，这样的人显然太自负。

我相信没有人敢站出来说保险不好。保险是人类科学理性和道德良知的结晶，但很多人会说保险不是不好，只是中国的保险不好。说这些话的人几乎和别人一问起保险就说保险公司都是骗子的人一样，既没有买过保险，也没有仔细了解过保险。他们信口开河，以一副无所不知的先知姿态和一种意见领袖的风采嘲笑买了保险和即将购买保险的人：一群傻子。可悲的是，买了保险的人，往往不自觉地被"榨出皮袍下面藏着的'小'来"，似乎自己真的很傻。

窃以为，这是缺乏理性的典型表现。有人这样评论，国人缺乏的不是理性思维，而是用理性思维来指导行为的能力，正如我们从来不缺文化，但缺乏基本的文明素质。不遇事千好万好，一遇事理性全无，恨不得把所有的责任都推给别人。我不是吹嘘自己有多么理性，只是体会到在这个行业理性多么重要。

有一个很有意思的现象。我做单子时，客户总觉得是我把他的钱拿走了。为什么人们买电器不觉得是导购拿走了钱，吃饭不觉得是服务员拿走了钱，偏偏会觉得买保险是把钱交给了业务员？我思来想去，终于知道原因在于客户拿钱买了一纸承诺。保险是无形产品，它的这个特性决定了客户会产生这样的错觉，毕竟是业务员伴随着一张保单核保承保的始终。如果不是理性战胜感性，我们如何相信一个不可知的未来几十年内的承诺？所有的人都会提到保险合同上那些密密麻麻的条款，有人戏称，除非你是法学专家，否则你看不懂保险合同。

真的是这样吗？风险对于绝大多数人而言，基本不会发生，保险是一个当风险来临时可以分散风险、补偿损失的机制。而当风险真正发生时，保险的理赔并非像我们想象的那样艰难。可惜，我们总是容易记住少数理赔的负面新闻，却看不到大量获得赔付的出险人脸上欣慰的表情。

还有一些人过分谨慎，我去和他谈保险，他立刻觉得我要从他身上抢钱。还有些人明明有闲钱，偏说自己没钱，生怕一说自己有钱，立刻被拿了去。我觉得，这些都是不自信的表现。若你不愿意、不信服，谁会拿刀逼你去买一张保单呢？若真的对自己负责而不是仅仅要求业务员尽责，谁又能骗得了你？

有些朋友说，吃饭喝酒可以，推保险，免谈。

为何？在中国保险业急剧扩张的今天，似乎每个人的朋友圈子中，都至少有一个做保险的人。然而有些丧失职业道德的业务员对这个行业并未起到促进作用，相反，他们欺骗客户，损毁了所属保险公司及行业的声誉。记得在接受入职培训时所有同人曾被清楚地告知："保险业务员职业道德的核心是诚实守信，对客户负责。"但实际工作中，并非每一个业务员都能遵从这样的操守。所以有人戏称：在保险行业，人品比学历重要。

建设诚信社会，才是保险业发展壮大的关键。

都说这些年国人对于保险的观念在改变，据我看并没有实质的进步。真正的进步，大约是全民族都接受这样一种理性、稳妥的对于人生责任、对于财务规划的观念。罗斯福曾说，拥有相当的寿险，不仅是一种道德责任，也是大部分国民应负有的义务。当业务员和客户谈起保险就像谈起白菜一样稀松平常时，才真叫进步。

保险，归根结底，是对人生的一种负责的态度。

后来我又查得，胡适说那样的话大抵有他的背景。胡博士在年轻时一个月可以挣几百大洋，却没有存够自己养老的钱，导致到老的时候在台湾经常住院不久就要提前出院……这非常有意思。1933 年 4 月 9 日，《申报》人寿保险专页刊登了一则胡适精心构思的广告："人寿保险含有两种人生常识：第一，'人无远虑，必有近忧'，所以壮年要做老年的准备，强健时要做疾病时的计划。第二，'日计不足，岁计有余'，所以细微的金钱，只需有长久的积聚，可以供重大的用度。"

谁能想到，他竟没有实践自己的名言。

我所有的朋友都去做微信公众号了

◎ 礼士路西岛

一夜之间，我所有的朋友都去做微信公众号了。

在政府工作的朋友，在事业单位工作的朋友，在跨国企业工作的朋友，在私人作坊打工的朋友，在谈理想、创业的朋友，在学校还没毕业的朋友……一夜之间，殊途同归，全部做起了微信公众号。

理由很多——求路人打赏，求广告商"包养"，更多的是上司一声令下："做不做？不做下岗！"

于是，我的手机从早振到晚，随时随地都在接收推送。

内容自然五花八门：如何穿衣服，如何听音乐，如何选餐厅，如何炒股票，如何买进口货，如何颠覆人生观、价值观、世界观……每一篇读完，都让人立志做更好的自己，拥抱光辉灿烂的明天。

每条推送都是"颜色不一样的烟火"，除了三位数的阅读量，它们没有任何共同点。

做微信公众号的朋友其实都挺年轻，最小的 22 岁，最大的 28 岁，但不得不装出历尽沧桑的样子，脸上写满了"我世面见很多"，嬉笑怒骂，指点江山。

这是很累人的。月收入 5000 元的主儿，成天推荐各大高级餐厅，分享红酒、奢侈品和境外游。男朋友还不见踪影的小姑娘，却要拿出灭绝师太的心，教女同胞们做爱情的胜利者。朋友们成天为内容操碎了心，无时无刻不在捕捉热点。

光是内容好没用。为了做好微信公众号，还要精通十八般武艺。拍照和修图只是基本功，画漫画、编段子、录广播、剪视频，样样都要举重若轻、信手拈来。毕竟现在的微信公众号多如牛毛，读者又傲娇，动不动就"太长不看"。如何增添趣味性，在众多公众号中脱颖而出，就成了重中之重。

不要小看每一条阅读量只有三位数的推送，它们背后都站着一位被"迫害"的年轻人，在哭天抢地、抓断上百根头发之后，才用心血凝结出了这篇图文并茂的推送文章。

连吃饭都不得安生。好几回聚餐，吃到一半，在座友人纷纷从包里掏出笔记本或平板电脑，手指上下翻飞，编好推送内容，嗖的一下发了出去。

"需要这么拼吗？吃完再发不也一样？"

"你傻呀？"朋友小黄大翻白眼，"待会儿就是大家看推送的黄金时段，吃完再发，阅读量全让别人抢光了。"

"说起这个就生气，"朋友小明放下电脑，咬牙切齿，"昨天我跟那谁弄了篇差不多的推送文章，他就比我早发了5分钟，看看，流量全给抢光了。老天，他那篇的阅读量都将近1万了，我这篇才200多！"

"人家好几万粉丝呢，你能跟人家比？200多不错了，我这篇才100多呢。"朋友小宝叹气。

"哎，你看，那个红人又推送了。"

"乖乖，不得了。半小时，阅读量过5000！"

"又写了些啥？"

"题目是……"

"太粗俗了。"我皱皱眉头。

"你懂什么，题目就是要情色、暴力，抓人眼球。"小明说。

"写了些啥？"小黄问。

小明用手指在屏幕上比画两下，说："没什么，还是她朋友们的悲惨情史。"

"这可能是她第八百个堕胎的朋友。"

"这种东西怎么有人看？"我很吃惊。

"红得不行，"小明晃晃手机，"你看，咱说了5分钟的话，又多了上千的阅读量。"

"无法理解。"

"你不爱看，有的是小女生追，"小黄说，"每天眼巴巴的，就等这篇推送了，仿佛看了这篇文章，什么问题都能迎刃而解。"

"如果你们想炒话题，"我喝了口啤酒定神，"我允许你们写我。"

"他已经写过你了。"小明指指小黄，"他写你留学、劈腿、有外遇。"

"什么！"

小黄脸一红，立马反击："小明也写过你。他写你浮夸、炫富、装文艺！"

"其实也不能说我们是在写你，"小明慌忙解释，"就是借用了你的名字，这样显得真实。"

"没想到你们为了点儿阅读量变成这种人，"我目瞪口呆，"这个人吃人的社会啊！"

同时我暗自庆幸，还好自己没有经营微信公众号，尚不用为此费尽心神，甚至出卖良心。

第二天，老板找我谈话。我们老板是个 40 多岁的中年人，自诩思想新潮、紧跟时代，特喜欢跟我们这些年轻人打成一片。

"小张，你看这个。"老板拿出手机，打开微信。

我定睛一看，是篇推送。

老板正色说："这是咱们竞争对手的推送！我们是创新的现代化公司，新媒体也要搞起来！不能落后！"

"所谓创新，就是要另辟蹊径、不跟风——我完全反对。"

"那你来做，"老板仿佛没听到我在说什么，拍拍我的胳膊，

"小张，你脑子活，文笔又好，搞个公众号，没问题的嘛！"

我想了想，点点头，回到工位，打开 Word 文档，一边写辞职信，一边发出鲁迅式的哀叹——

我当初虽然不知道，但现在明白，这中国，已经难见不做微信公众号的人！没有做过微信公众号的孩子，或者还有？

救救孩子。

他左右不了这个行业，但起码可以左右自己，

所以这么多年来，一起毕业的几位同窗中，

唯有他始终坚持"研发"这个专业。

追寻一缕时光 /

从"云端"到"土地"

——一个 *IT* 男的 *500* 强生涯

◎ 林　珑

他是中国较早一批的 IT 精英，在互联网神话频生的年代十分抢手。

他曾梦想改变世界，成为另一个比尔·盖茨。

然而，经历了互联网泡沫的破灭和事业的浮沉，他终于明白"神话"只属于少数人。

于自己而言，一份稳定而能专注持续下去的工作，便是最好的选择。

IT 精英的黄金年代

当他成为一名精英的时候，这个社会还没开始流行"精英"这个词。

他是中国较早的那一批 IT 男，毕业于北京最著名的几所通信大学之一。那是 20 世纪 90 年代中期，中国的 IT 通信产业方兴未艾，IBM、微软像是遥远的神话，人们津津乐道却始终无法把它们与自己扯上关系。

说不清"中国制造"从何时开始。起码在那段时期，传说中的跨国巨头纷纷在北京成立研究院，而他们便成为最早的一批脑力输出者。由于 IT 专业人才匮乏，他们如同刚出炉的烧饼，十分抢手。有一次，中国移动的某位领导得罪了他的研究生导师，老教授居然扬言："今年中国移动休想得到一个我的毕业生！"很不可思议是吗？确实如此。在一个供不应求的人力资源市场上，经济杠杆这只"看不见的手"操纵一切，包括话语权。

他很顺利地进入英特尔——全球最好的芯片公司，名片上印着"研究员"。当然，外企职员的收入都是秘密，但是通过当年散布于京城的招聘广告"软件工程师，月薪 7000 元～8000 元"，你可以对他的收入有一个大概认知。其实一个真正意义上的跨国巨头提供的收入绝不仅仅是工资卡账面上的那点钱，还包括出国培训、住房公积金、多种保险、各种费用报销、年底双薪、年终分红及年年加薪，等等。比如，刚进公司他便被派到美国华盛顿学习一个月，第一次吃到了巨大的龙虾，第一次看了劲爆的脱衣舞表演……

他的同学们也在世界各地飞，一位研究生同学索性建立了个人网站，把自己在世界各地的照片及行走笔记贴在上面：骑着自行车穿过荷兰烂漫的郁金香花园，在浪漫的香榭丽舍大道喝咖啡，在冰天雪地的赫尔辛基滑雪……世界，仿佛轻松搞定，一网打尽。

他们渐渐变得与众不同，比如说话的时候中英文掺杂，各式西餐吃法无师自通，周一到周四衣着正式，周五休闲装扮。那时候，他有许多件白色、浅蓝色、烟灰色、纯黑色的长袖衬衫，每天一换，干净笔挺。到了公司，他把员工 badge 夹在衬衫胸口的口袋上，程序自动识别之后，办公室玻璃门"嘀"的一声为他敞开。

不仅是在人力资源市场，在婚姻市场上，他们也同样是抢手货。那时候，安妮宝贝成天在网上贴网恋小说，对象多是他们这样的IT 男——内心清澈、生活单调、不拒绝浪漫、前程无可限量。他当然也非常"popular"，因为公司报销打车费，他索性包了一辆出租车上下班。那司机是位老北京，一眼便相中了这位成天出入高级写字楼、气质高贵的高级白领，主动要求把女儿嫁给他。有一天清晨上班，他照例拉开车门，惊讶地发现后座上坐着两位女士。后来司机坦白，那是他的女儿和老婆，想让他们彼此看看，甚至谈到以后两人可以趁着年轻早结婚早生孩子，这样他们两口子可以帮忙带……

乔布斯在游说百事可乐 CEO 斯卡利加入苹果时，只说了一句话："你是要改变世界，还是要卖一辈子糖水？"相信再平和的男人心中多少都有些英雄主义情怀，而这样的豪言，对于男人格外具有杀伤力。那时的他，也相信自己正在改变这个世界。

下一个比尔·盖茨？

随着跨国巨头在中国遍地开花，更多小型外企也跟风而至，纷纷在中国建立 office。而像他这样经受多年著名 IT 公司培训与锤炼、具有丰富工作经验的人备受青睐，猎头公司接二连三抛出橄榄枝，工作邀请甚至远至美国。

他最终接受了另一家新加坡小公司的 offer，因为不仅工资翻倍，而且对方给出了"技术总监"的头衔。他才不过 27 岁，还参不透名利的诱惑，更何况那正是一个网络泡沫盛放的年代，张朝阳、马云、杨致远等一个个师兄级人物突然崛起，俨然中国版的比尔·盖茨，他们热情四溢、蠢蠢欲动，谁敢说自己不会成为下一个神话？

Easy come, easy go。他很快便发现神话其实可以轻易破灭。小公司待遇好、职位高，但在公司架构、福利、培训包括职业发展等方面无法与有着百年积淀的大公司相提并论。当然你也可以把种种"弊端"理解为机遇，甚至描绘出一张天马行空的蓝图，但是让梦想落地，又是何其艰难！错综复杂的人事关系、极不成熟的策略布局、落后匮乏的技术能力、夸夸其谈的嘴上功夫……他很快便看透了这样的工作环境，但是说不清是金钱的诱惑，还是对"神话"的不甘，就这样耗了下去。

虽然心生厌倦，但套用一句土话，他毕竟"掘到人生中第一桶金"，有能力买下市区地段不错的一幢大房子。女友骂他铺张，但其实他已经相当低调了，因为身边的 IT 男们纷纷开始买房置业，不少人甚至买下 Town House。没有人觉得会成为"房奴"，因为每月公司帮着交的住房公积金便足以还贷。

年轻、多金、位重、自由、健康……那真是一段无忧无虑的黄金岁月啊！老话说，明天会更好。是的，他相信明天只会比今天更好，不仅是收入，更是生活的方方面面。

失业

如果真有风水这么一说，风水是什么时候开始悄悄流转的呢？

或许是"9·11"事件中，随着纽约世贸大楼的轰然倒塌，世界政治格局的变动引发经济技术领域一系列的蝴蝶效应？或许是中国网络洗牌运动中，一系列 .COM 神话的破灭？总之，他渐渐嗅到空气中一种紧张的气味。每每登录国际英文网站，总是看到国外罢工事件层出不穷，垄断组织越来越强势，公司之间的并购、重组、拆分不再遥不可及，全球经济一体化的环境中，每个弱小的生命处于这么一个高速发展的尖端技术领域中，如同一个牵线木偶，被巨大的行业力量牵制决定。

他听到越来越多不好的消息：移民国外的同学纷纷失业了，技术移民困难重重；一位在美国做软件工程师的好友，尽管是白皮肤，也被无情地裁掉了，找不到工作，只好天天在家里给儿子用刀片削木头船玩。

终于也轮到他了。公司收缩规模，突然决定撤掉中国的office，所有的人都被裁掉了。说起"Lay Off"（解雇），刚开始他还觉得像个笑话，凭自己的工作能力和经验，在京城找份工作还不是易如反掌？

　　找份工作的确轻松，但是想找份像以前那么高薪的、最好仍然是 TOP 级跨国公司的岗位，实在太困难了。别说找工作了，随着全球金融危机愈演愈烈，大大小小的公司都开始疯狂裁员，人才市场几近冻结。再也没有猎头公司给他打电话了，不仅没有，包括他"屈尊"把简历扔进浩瀚的网络招聘市场里，也如石沉大海般沉寂。

　　有好长一段时间，他每天上午独自一人去家附近的一个废弃篮球场打球。上午阳光正好，每个人行色匆匆，不远处的中学传来琅琅读书声。而他寂寞地跑着，运球、投球，无人"吐槽"，更无人喝彩，球砸在地上发出闷闷的"咚咚"声，恰似他的心情。

从云端到土地

　　整整半年，他才找到另一份 TOP 级跨国公司的工作。

　　面试极其严格。过五关斩六将之后，他终于得到最高领导的面试机会。他诚恳地说："我想我已经过了浮躁的年纪，一份可以让我稳定而专注持续下去的工作，便是最好的选择。"

　　他的确是这么做的。

　　起初他的职位又回到了很多年前，只是一个软件工程师。他不计较。事实上几次出国培训后，他看到在国外公司里，哪怕只是一个普通助理，许多人可能都扎扎实实干了几十年。想到自己以前动辄"神话""改变世界"的冲动，感觉像个笑话。

这家公司已经有百年历史，拥有上万名员工，自然少不了人事纷争。曾经有一次他感觉遭遇不公，但没有像以前那样郁积心中或者轻率走人。他主动找到老板开诚布公地谈话，彼此交付坦诚，最终不仅化解了一场误会，而且竟然和老板成了朋友，所以说，他并不相信"办公室战争"这个说法。如果真要这么说，那么最好的武器便是做好自己。

不久前，他们公司被另一家 TOP 级通讯巨头收购了。一些拥有数十年工作资历的老员工因结构重组，不得不离开公司重新择业。这是多么残酷的事实！但是他现在学会了接受这种残酷，唯一应对的办法就是专注精耕自己的专业，以便在下一次行业洗牌的时候，自己仍然有一技之长可以从容面对。

他左右不了这个行业，但起码可以左右自己，所以这么多年来，一起毕业的几位同窗中，唯有他始终坚持"研发"这个专业。其他的人，有的做了技术支持，有的做了销售，有的下海创业，还有位兄弟最绝，做了保险！选择太多往往意味着没有选择，许多人慨叹跳来跳去，竟然不知自己到底还会做什么。还有的人工资越跳越低，渐渐付不起 Town House 高昂的房贷及物业费。

今天，他的工作单位左边是摩托罗拉，右边是爱立信，不远处便是西门子……经过十多年的竞争与淘汰，尘归尘，土归土，这个高速发展的行业已经不再前卫，甚至逐渐转变成传统行业。而行业中人也不再像以前那样飘飘然至云端，而是落地生根。

今天，我们越来越喜欢称人为"精英"了，但是他明白，自己已经不再是精英。或许有一天，自己和一名水管工、钳工一样，拿着同样的薪水福利，接受同样的社会地位。如果是那样也挺好，对国人而言，那将是多么大的一种进步。

（IT 男，现供职于某电信服务公司）

整形 20，30，50

◎兮 悦

前段时间关于某地产大佬进军整形美容业的新闻在网上被疯狂转发，干这行的人欢欣鼓舞，不干这行的人难免疑惑：真有那么多人要整形吗？

还真有！一是因为现在整形技术成熟、多样、效果好，双眼皮做出来跟天生的一样，不是内行基本看不出来，而且现在整形也不全都需要开刀，还有微创和无创的项目，品种多达上千种，可以满足不同人群的需求。二是因为大众对整形的接受度和需求度提高了，过去整形了都会藏着掖着，现在都公开了。"身体发肤，受之父母，不敢毁伤"的古训已经阻挡不了人类爱美的脚步了。

20 岁的小女孩想改头换面

每个对自己容貌不满意的年轻姑娘都会无数次地对着镜子展开自己成为"女神"的想象。想象着自己的眼睛大一点儿，鼻子挺一点儿，嘴唇翘一点儿，脸小一点儿……总之，就是要改头换面，活出另一个自己！

当然，以上都是姑娘们的臆想，大部人还是比较理性的。真有哪个姑娘想把自己整成范冰冰、李冰冰的样子，聪明一点儿的咨询医生也会果断拒绝，劝她冷静冷静，因为一般这种情况客户后期不满意率都会很高，很容易产生纠纷。

年轻姑娘选择的整形项目一般以手术为主，像割双眼皮这些都是小菜一碟。但是像做颧骨、颧弓、下颌角这些风险大的项目，她们还是会纠结很久。

上护士学校的时候，总有同学说涵微颧骨高、下颌角大，刚开始她还不觉得，后来慢慢就成了心病。上班后，她每天都花很长时间化妆，觉得能稍微修饰一下，但是网上一幅"女人化妆前、化妆后"的对比图绷断了她脑中的最后一根弦，她一不做二不休，做了手术。

涵微做完手术的第二天我去看她，她正坐在病床上看电视，脸肿得像个包子，眼睛挤得只剩下一条缝。我问她疼不疼，她笑着说不疼，还说自己摸着已经感觉脸上的骨头小了。手术后第 12

天，她美滋滋地上班了，看见同事就问："你看我的脸小了吧？"
在护士台分诊，她见到熟识的复诊患者，眼神里全是暗示："你
看我有什么变化吗？"3个月后，她要进行第二次手术，做眼睛、
鼻子和下巴。

30多岁的女性想青春不老

30多岁的女性特别醉心于对着镜子"找不同"，她们在眼角
找皱纹，对着光线找脸上的斑点，左看右看找面部凹陷。再不然，
就是把自己20多岁的照片翻出来，仔细对比一番，感慨一番。

30多岁的女性有家庭，人际圈基本稳定，因此不想有太让朋
友们惊诧的改变。她们整形的近期目标是"回到爱开始的地方"，
效果是让十几年未见的老朋友对着自己惊呼："这么多年你都没
变啊！"远期目标是等到40多岁的时候，比同龄人看起来年轻十
岁八岁，带着十几岁的儿女出门时被误认为是姐弟或姐妹。

她们选择的项目以微整形为主。别看微整形都是修修补补，
似乎挺简单的，但是要保持效果，半年到一年就得再来一次，而
且费用很高。正是因为这里面有巨大的利润，有些经验不足的医
生也匆忙上阵，自己进货，在自己家里甚至在酒店里给人打针，
打进去的到底是什么，有的时候医生自己都搞不清楚。

有部电影叫"时间规划局"，讲的是未来世界的故事，那里
面所有的人到了25岁之后容貌就不再改变，永远定格在25岁的
年轻状态，这大概是所有女性都梦寐以求的。整形真的能让女性

永远不老吗？当然不能！但是对于爱美心切的女性来说，能挽回一点儿是一点儿。

50多岁的阿姨想让时光倒流

50多岁以后能做的整形一般是拉皮，让面部肌肤提升，解决面颊、额头和眉眼松弛下垂的问题。

和30多岁的女性用微整形来抗衰老相比，50多岁的阿姨要抗衰老就得大整了，要"大翻新"才能让时光倒流。如果你已经50多岁了，去整形医院咨询的时候医生建议你割个双眼皮、整整鼻子，这事你可一定得有自己的主意，走过大半生，早已习惯和接受了自己的容貌，这时候再改鼻子、眼睛的样子，心里不一定能承受。

有一次，我们医院接待了一位来咨询整形的阿姨，她特别爱笑，像个老顽童一样。本来她只想去除眼袋，但咨询医生发现这位阿姨的鼻根低、鼻头大，笑起来不够美观，就劝阿姨把鼻梁垫高，鼻头缩小，阿姨犹豫了一下答应了。手术后第7天她来复查，大家都觉得手术挺成功的，但是这位阿姨对手术效果不满意，而且变得不爱笑了，一副忧心忡忡的样子。我问她为什么不高兴，阿姨说身边的朋友都觉得她怪怪的，老伴儿说她瞎折腾，她自己照镜子也觉得特别别扭，觉也睡不好，吃饭也不香，舞也不想去跳了。

好在鼻假体手术可以反悔，医生和阿姨商量后，又把鼻子里的假体取了出来。手术之后，阿姨又变成了爱说爱笑的老顽童。

这事也给我们医院的医生们结结实实地上了一课。

到底有多少人在整容？2013年全球整形美容手术类和非手术类共2000多万例，其中男性有300万例，占总数的12.8%。中国的医疗美容从2005年发展至今，平均每年以150%的速度增长，2013年总体营业额已达5000亿元，女性消费群体高达9000万。整容或许是个成人之美的事情，如果你欲试未试，不必匆忙，多思量、多比较、多打听，都弄明白了再说，毕竟割开的眼皮、打进去的东西，是没办法"7天内无理由退货"的。

光阴飞逝。窗外的一切似乎是这几年匆匆岁月的见证，它们所讲
述的故事，处处表现了淳朴生活的幸福与惊奇，它们同样对这样
的生活不忍离去。

"非诚勿扰" 之夏

◎ 严小沐

2013 年的夏天过去很久了，我很想念它。

那时我与大学室友道别，想尝试一种新鲜的生活方式。好友秋兰帮我物色房屋，很快我租住了她家对面楼的一间有落地窗的屋子。东买西买，庆祝新生活的到来，一切如新，真好。

我租的那间屋子不大，设施很齐全，还有很大的窗子，下雨天便可以倚楼听风雨，符合一个文艺青年的想象。从窗子望出去，对面楼 13 层的某个房间，正是秋兰的。

可这个小区太大了，房屋密密麻麻，有时真叫人心慌。

屋子里有台电视，在很长一段时间里，我对早间、晚间的新闻节目相当迷恋，觉得超有仪式感。早上我起床去洗漱，它播着早间新闻，在我脑后滚着一条条关于民生、政治、经济、生活的消息；晚上归来，房间里空荡荡的，晚间新闻又成了背景音。彼时，我不敢想以后的生活，就先把当下做好吧。

搬过去的第二天，我们出版社的一位作者要去长城脚下参加活动，我和另一位编辑作陪。活动结束时已经很晚了，返程的路上疾风骤雨，堵车、饥饿，情况简直不能更糟糕。车行至小区门口，已是午夜。告别司机师傅，我从北二区的小门绕进去，一下子就迷了路。

午夜的小区，像一座巨大的迷宫，让身处其中的人不知南北；又像不知名的怪兽，趴在雨里喘着气，一动不动。黑暗中有些灯亮着，我像溺水的人，慢慢摸索着进了家门。

回到家，随便翻点儿食物果腹，不免顾影自怜起来。为了及时扼杀这种情绪，我马上把电视打开，心想："只要有点声音就好。有点声响，我就可以把自己扼在当下了，就不觉得那些该经历的是苦。"

一打开电视正是"非诚勿扰"的重播，一个女嘉宾正哭哭啼啼地诉说着这些年的不易，看得人更觉凄风苦雨。

一夜多梦，仿佛经历了一段别人的人生。翌日初霁，整个小区似乎重新年轻了起来。

后来的日子渐渐顺了很多。出版社的工作还是很忙碌，偶尔闲一点儿我会约上秋兰在家里做饭。我是湖北人，她是重庆妹子，两人天生嗜辣。她更是烹饪高手，喜欢在各种菜里放花椒，一盘西兰花里能放三五十粒。

那时，我们还有一个爱好，这爱好几乎持续了 2013 年的整个夏天。

周末我们常去她家吃晚饭，饭后绕着小区闲逛，然后挑些瓜果菜蔬、冰激凌之类，像一支队伍般浩浩荡荡去我家，坐等"非诚勿扰"开播。

细细想来也觉得无聊，可我并不脸红，毕竟那是我们不可避免的、被虚掷的时光。

21：05 直播开始，打开落地灯，我们盘腿坐在地毯上，有一搭没一搭地聊着天儿，啃着瓜，胡乱点评男女嘉宾，感慨一下别人的人生。有时候月光从窗子泻进来，我能看见秋兰那明媚的大眼睛上的长睫毛。那个夏天，夜凉如水。

有一天，她突然问我："你说这种日子还会持续多久？我们会遇到那个对的人吗？"

我没法给她答案。彼时我们都即将迈进"剩女"之列，被迫走上了相亲之路，压力之大无须赘言。

可那又怎样呢？人生有无数个水到渠成，每个人都拥有追求幸福的权利，想要什么就努力去追吧，怕的是连要什么都不明了。

"会吧，我觉得会遇到的。你看这节目里，不是有很多同类嘛，没什么大不了！"我含糊其词。

最后我们终于在一堆夏季瓜果中跟自己和解。

节目结束往往到深夜，我要她留宿。她总是拒绝："这么近，两分钟就回去了。"

于是我推开门送她到电梯，等我返回房间，从窗口看到她屋子里明黄色的灯亮了，就知道她已安全到家。果然，她的微信随后就到："小妞儿，到家了。谢谢陪伴，下周继续走起！"

就这样，那年夏天我们逐渐对台上的 24 位女嘉宾如数家珍，能像神算子一样猜到男嘉宾的心动女生。

如果说时间是琥珀，我愿意相信。在那年夏天晨光熹微的时刻，我随着巨大的人流拥入地铁，如同密密匝匝的人群中的每一个，心想："去经历吧，就算一个人，也没什么大不了呀。"

如今"非诚勿扰"还在热播，主持人还是那个我爱的睿智光头，只是 24 位女嘉宾来了又去，或许这才是生活的常态。

光阴飞逝。窗外的一切似乎是这几年匆匆岁月的见证，它们所讲述的故事，处处表现了淳朴生活的幸福与惊奇，它们同样对这样的生活不忍离去。那种感觉就像一个少年离开家乡走向命运，带着哀伤的暖色调，它们成就了另一个我，并在另一个看不见的时空，为我祝福，教我坚强，以及更好地走向远方。

后来，我们的人生也发生了一些变化。就像此刻我坐在灯下，从一个人变成了两个人。

苏先生窝在沙发上睡着了，泛起一点儿鼾声。我抬起头望向窗外，目力所及的地方依稀辨得出远山的轮廓，黝黑延绵。近处，夜行的车灯，一粒粒游过。

原来已经是 2015 年的冬天。

现在，是享受音乐的时刻

◎ 王 飞

　　网上有不少调侃"我是歌手"中"表情帝"的段子，其中一条是这么说的："我已经能想象到若干年后，有位著名演员在回忆自己的出道经历时深情地说，我要感谢湖南卫视'我是歌手'节目，感谢导演在观众席上发现了我……"

　　按一些网友的说法，"我是歌手"节目请了托儿，800元一位。对于非议，完全无视也不太可能。致敬齐秦专场，林志炫演唱《夜夜夜夜》，刚唱第一句"想问天你在哪里"，就有一位女观众潸然泪下。这个镜头要不要放进片子里？制片人都艳左右为难："剪掉很可惜，毕竟是观众情感的自然流露；不剪，人家又会说我们找了托儿。"

　　之前有报道说，"我是歌手"启用了顶级的音响设备，用在万人演唱会上都绰绰有余；还邀请了中国最好的乐手，比如担任音乐总监的梁翘柏，以及被称为"中国打击乐第一人"的刘效松等。"这个节目的音乐魅力和现场氛围，电视没有办法呈现。"

毕竟是个娱乐节目，又不是"心灵鸡汤"，真有那么感动？都艳说："看这个节目，最好去现场。"

探访录制现场

我们带着好奇来到"我是歌手"录制区，参观歌手休息室、演播厅，看到熟悉的场景，免不了要在心里和电视镜头中所见的一一对照。"我是歌手"使用的是湖南卫视最大的演播厅——1200 平方米演播厅。节目收视率一路飘红，无论资金投入还是人员配置，"芒果台"都优先考虑。到底有多少人在为"我是歌手"服务？具体人数不详，按每餐订盒饭的数量估算，应该在 200 人以上。

湖南卫视的另一档节目"快乐大本营"也在这个演播厅录制，对面稍小的演播厅则属于"天天向上"。当时，"快乐大本营"正在彩排。何炅戴一副大墨镜，带着"快乐家族"和白百何等几位明星串词。等彩排结束，这里要重新布置，为第二天"我是歌手"的排练做准备。其中一项工作是安装座椅，平时，这个演播厅只有 400 多个座位，而"我是歌手"的大众评审有 500 位。

在现场，人员控制非常严格，47 台摄像机全景拍摄，多一个人随时都有可能"穿帮"。所以，我们提出参加现场录制的请求被"无情"拒绝了……

娱乐是一种态度

晚上 7 点，"我是歌手"策划室里灯火通明，大家都在电脑前忙碌，丝毫没有下班的意思。负责与媒体接洽的栏目组人员悠悠地搬出一套简易茶具，请我们喝茶。

来到"芒果台"，第一印象是俊男靓女多，非常养眼。不过，据说他们中的很多人还是单身。招待我们喝茶的小伙儿自嘲："我连茶具都搬到这里了，哪里还有个人生活。"

娱乐节目好看，但做娱乐节目不一定好玩。工作强度大，制片人都艳每周有三四天要 24 小时守在台里。采访时，有同事调侃："你们应该给都姐拍张照片，她今天好不容易有时间洗了头发。"负责与媒体接洽的这位，从彩排到录制，3 天内要打 500 通电话，还有无数短信、微信，一部 iPhone 捏到手软。

自从去年 10 月接下这档节目，"我是歌手"团队成员没有休息过一天，大家轮流生病，到后来，体力透支，完全是靠意志在支撑。

但做这个节目，大家很有热情。彭佳慧刚来的时候特别惊讶："这个团队很奇怪，就像打了鸡血一样！"

为什么这么拼？编剧组组长孙莉说："工作分三种，一是喜欢做的事，二是有能力做的事，三是正在做的事。三者能够统一的时候非常少，我们有这个机会，一定不会放弃。"

录完第一期节目，看片子的时候，团队成员热泪盈眶。后来，节目火了，歌手演绎的经典歌曲再度流行。有人手机里存着林志炫的《烟花易冷》，时不时拿出来显摆："来听听我们家炫哥的。"

团队的专业和认真也影响了歌手对待节目的态度。为了这个节目，很多歌手推了商演，全力以赴。每个人都很珍惜这个舞台——即便是开演唱会，也不一定有这么好的音响和乐队，而且，很少有电视节目可以给足歌手5分钟时间完整地唱完一首歌。对于歌手，在这里玩音乐很享受。

亲历彩排

3月21日，"我是歌手"复活赛进行最后一轮彩排，并于当晚录制。

上午9点30分，摄像组就位。"我是歌手"节目每期90分钟，其中歌手演唱大约40分钟，其余都是真人秀部分。摄像组要拍摄歌手参与比赛的全部过程，每期积累的素材有几百个小时。真人秀没有从头再来的机会，很多细节转瞬即逝，拍摄中不能有丝毫松懈。

10点30分，编剧组与摄像组沟通拍摄重点。编剧这个角色是第一次出现在国内的真人秀节目中。每个编剧跟随一位歌手，记录他们的情感和故事，然后选择最能呈现歌手特质的部分。为了将7个人的故事捏合在一起，编剧会预设一些主题，比如，歌手怎么考虑选歌，专家和其他歌手怎样评价他的表现。

11点，乐手开始准备。30多人的乐队包括电声乐队、弦乐队等。在"我是歌手"中，每位乐手的名字都会在屏幕上出现，这在之前的节目中是很少有的。这个细节体现着对音乐人的尊重。有意思的是，因为演唱需要，歌手有时会自己请钢琴师、民乐手，这些费用都由歌手自掏腰包，而歌手们也舍得花这笔钱。

11点45分，第一位歌手抵达，接受短暂采访。12点开始排练，每位歌手演唱两首歌，彩排时间30分钟。

当天下午，我们赶去看最后一轮带机联排。刚出电梯，就听到一个漂亮的男声在唱阿黛尔的 some one like you，我们以为是杨宗纬。在此之前，有两位男歌手被淘汰，这首歌显然不是黄贯中的摇滚范儿。很意外，我们在演播厅看到了抱着吉他的沙宝亮。曾有消息说第5轮被淘汰的歌手是辛晓琪，看来那只是个烟幕弹。

联排过程中不允许拍摄照片。之前，有看彩排的观众在网络上直播彩排过程，有图有真相，演唱曲目和歌手造型被提前曝光，让导演组很郁闷。

下午4点，带机联排开始。

黄贯中第一个出场，没有唱 Beyond 的经典，虽然那样肯定会为自己加分。黄贯中将伍思凯的《特别的爱给特别的你》改编成摇滚曲风，音乐响起，巨大的声浪扑面而来，地面也跟着颤动，摇滚乐震撼人心，现场顿时 high 起来。

杨宗纬的两首歌大家相对陌生，而且曲风差异很大，看台上的经纪人倒是很有信心，大声为自己的歌手叫好，一副志在必得的劲头。

陈明是那种值得反复聆听的歌者。她演绎的歌曲有强烈的画面感，一曲《梨花又开放》将观众轻易带入思乡的情绪。

音乐唯美，舞台绚烂，昔日的偶像近在咫尺，唱着一段旧时光，不由让人泪湿眼眶。

我们已经长大，并且面目全非。现实冷漠坚硬，我们越来越难被打动。但在这个封闭的空间，我们可以暂时忘却现实，与音乐独处。往事浮上心头，唯有音乐可以抚慰。拥塞许久的泪腺被打开，泪水滑落的那一刻，有淡淡的感伤，更多的则是获得释放后的欣喜。

现在，是享受音乐的时刻

联排期间，500 位大众评审陆续抵达，核对身份信息，领取选票。大众评审累计报名人数超过 15 万人，每一个能够来到现场的人都足够幸运。

曾经有人担心拥有投票权的 500 位大众评审不具备专业素养，难以保证结果客观公正。而羽·泉说："我们愿意把命运交给闭上眼睛、用心聆听我们演唱的观众。"而这个节目，也在潜移默化地影响着普通观众对于音乐的理解。

晚上 7 点，大众评审进入演播厅。

7 点 30 分，节目开始录制。经历 3 个多小时的漫长等待，情绪充分酝酿发酵，每个人都翘首以盼，等待被音乐点燃。

光帘打开，歌手走上舞台。

现在，是享受音乐的时刻。

每当他想停下脚步时，
都有无数热切的目光灼烧着他的后背，
照耀着他在相亲之路上疾行。

相亲男女

◎ 李 帆

一

　　自大学毕业以来，李非就没有正式谈过恋爱，结识异性的主要途径就是相亲。迄今为止，他吃过 100 多顿相亲饭，看过 10 来场相亲电影，见过 30 多个各种各样的姑娘。然而，李非的勤奋并没有带来与之相称的回报，有诗为赞：万花丛中过，片叶不沾身。李非是个矜持的人，他有一套期房，却很少在相亲时提及，每每女方问起住房情况，他总是说："我租房住。"

　　李非唯一一次破例是在去年，他经人介绍认识了一个幼教老师。两人见面，吃饭，漫无边际地聊天。女孩显得格外主动，死追着房子问题不放，万般无奈之下，李非只好道出实情。"哇哦，你有房子啊，那我就配不上你了。"李非给我们学女孩的语气。"这样吧，如果我俩成了，我们家陪一辆车吧。男方出房，女方出车。"
李非模仿得惟妙惟肖，若不是他有表演天分，就是女孩留给他的
印象太深。女孩家庭条件不错，父母都是商人，不知讨价还价算
不算是一种家风。李非尚在沉思，女孩已经开始憧憬未来："你
会开车吧？以后你就管开车。"李非不置可否，默默地送女孩回家。

　　晚上十点多，女孩给李非打来电话，说是水管出了毛病，父
母远在外地，希望李非过去帮忙修理。饶是草木，也明白女孩的
心思。"这么晚了，我过去不方便，你找找物业吧。"才是第一
次见面，李非不喜欢太过热情的女性，委婉而又坚决地挂断了电
话，也挂断了和这个女孩的一切可能。礼貌地拒绝别人是一件大
费周章的事情，尽管多数情况下，李非都是把这种机会留给别人，
而李非遭拒绝的原因是——不够热情。

　　何谓不够热情？能够发展到看电影这一步，绝对是相亲的阶
段性成果，理应趁热打铁，更进一步，比如，适度地表示热情。
而李非真的是在一本正经地看电影，浑然不顾身边女生的感受。
去年1月，李非结识了一个可爱的姑娘，女孩获得朋友们的一致
好评。到3月的时候，朋友们发现女孩已经携手他人。恋爱只能
有一个对象，相亲却可以同好几个人见面。既然李非缺乏热情，
那么，自有热情的男子赢得女孩的芳心。不过李非并不可惜，他
并没有为这个女孩动情。最开始相亲的时候，李非还有几分激动，
几分期许，但随着相亲次数的增多，他就有些麻木了。

二

截至目前，婷婷已相过 10 多个青年男子，都不太合适。她抱怨过，认为介绍人总是按照自己的喜好拉郎配，而不是按照当事人自己的心意。她宁愿去见网友，也不乐意和素不相识的异性共进晚餐。"网友或多或少还有交流。"婷婷伤感地啜了一口可乐。不过，婷婷并不排斥相亲，她的很多女伴都是通过相亲恋爱、结婚的。最神的一对，第一次见面就谈婚论嫁。女方说："我出房子。""那我装修。"男方迅速回应。5 个月后，两人步入婚姻的殿堂。也许两个人都曾经历过轰轰烈烈的感情，现已厌倦江湖，只为结婚而结婚。我们很不厚道地猜测。要么，两个人就是一见钟情，我们设想出另一种可能。婷婷的"监护人"——比她大 2 岁的姐姐再过几个月就要去国外念书了，迫切地希望有人照顾自己的妹妹。所以，婷婷必须抓紧。

婷婷与人见面，最多的也不超过三次。按她的说法，有些男生挑不出毛病，相貌还过得去，也不讨厌，可不知为什么，她就是没兴趣。每次相亲的时候，她都劝说自己，再见一次，说不定就有感觉了呢？可到后来，她还是放弃了。感情这个东西，不好勉强。何况，还有些相亲对象比较小气，总把见面地点定在一些人声鼎沸的小馆子，价钱是便宜，可吵到连说话都听不清。婷婷并不介意对方的物质条件，但很在乎对方是否真诚。相亲越多，她就越害怕，害怕自己不会为任何人动心。婷婷性情单纯，容貌标致，却从来没有谈过恋爱，一次都没有。也许，在找到合适的人之前，她就老了。这也是她最担心的。

三

　　和当事人相比，更大的热情来自介绍人。李非有无数的朋友、同事，还有朋友的朋友替他张罗。每当他想停下脚步时，都有无数热切的目光灼烧着他的后背，照耀着他在相亲之路上疾行。

　　婷婷单位也有一位月老式的人物，她利用工作便利，把所有的未婚人员的资料登记下来，以便换个介绍对象。需要强调，这种介绍不是随机的，而是根据资料精心选择，一定程度上保证男女双方门当户对，旗鼓相当。犹记得二十世纪七八十年代，未婚适龄男女会在集体的关怀下，寻找自己的另一半。在个人主义泛滥的年代，集体的温暖已是传说，每个人都在为自己的利益奔波，谁还顾得上别人的事情。但正是这个月老式的人物，让人感到了久违的温暖。一个素不相识的人不辞劳苦为你操心，不图名也不图利，这是一种什么样的精神？婷婷就在这种精神的感召下，毫不犹豫地登记了自己的资料。

　　在采访结束的时候，我的同事告诉婷婷："其实，李非挺符合你的要求的，要不，我们介绍你们见个面？"我和婷婷都沉默不语，毫无疑问，我的同事也受到月老精神的感召了。